가온의 술사들

가온의 술사들

박에스더 글 · 먹는빵 그림

 비룡소

나는 그때,
그러니까 가온이라는 새로운 도시에서
내 인생 가장 큰 파도를 맞닥뜨렸다.
그러나 고작 열여섯 먹은 내가
그 파도의 크기를 알기에는 너무 어렸으므로
나는 그게 얼마나 큰지도 몰랐다.
그래. 정말로 몰랐다.
그 파도가 날 어디까지 데려다줄 건지도.

차례

1학년 | 박강율

"상관없습니다.
나는 그저 내 친우를 돕고 싶은 겁니다."

술법에 대해서는 아무것도 모른 채 가온에 갓 상경한 초짜 술사.

1학년 | 이산영

"역시나 내가 제일 잘생겼군.
그렇지?"

장난기 어린 표정 뒤에 비밀스러운 슬픔을 간직한, 술사 가문의 금수저.

2학년 | 김종하

"나와 짝꿍을 맺을 수 있다고
생각한다면 큰 오산이야."

누구보다 뛰어난 술력을 타고났지만 이를 사용하지 못하는 반 푼어치 술사.

총괄 교수 | **설록**

"판이라는 건, 그냥 여는 거 아닌가?"

가온 최강의 술사이자 가온학사의 수장.

2학년 | **심미랑**

"어디서든지 입조심, 행동 조심 하기 바란다."

강율의 기숙사 방장. 가온 연구회 회원.

3학년 | **구안태**

"일단 들어와. 죽지는 않으니까."

미랑의 짝꿍 술사. 가온 연구회 회장.

조교 | **민한회**

"어쩌면 정말 파란이 일어날지도 모르겠어."

설록 교수의 오른팔이자 김종하의 사고 처리 담당.

제1장

입학시험

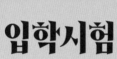

♪ 1 ♪

가온의 첫인상

누군가 박강율에게 가온의 첫인상을 말해 보라고 한다면 강율은 이렇게 대답할 것이다.

아주 시끄럽고 혼란스러웠지만, 동시에 쇠붙이 냄새가 섞인 눈의 향기가 났고 너무 눈이 부셔서 제대로 쳐다보지도 못할 황홀한 도시였다고.

빠아아앙!

기차가 큰 소리를 내며 정차했다. 우르르 내리는 사람들의 틈바귀에 껴 강율도 짐을 손에 든 채 얼른 기차역 플랫폼에 발을 디뎠다.

"신문이오, 신문! 금일 배우 김영애가 등장하는 가극 공연이 있습니다!"

"출출할 때 좋은 요깃거리 사시오!"

시끌벅적한 소리가 강율을 감쌌다. 평야만이 드넓게 펼쳐져 고요하기 이를 데 없는 시골에서 갓 올라온 강율에게 이 모든 건 충격이었다. 자신이 모르는 낯선 것들이 사방 도처에 펼쳐져 있었고, 그 모든 게 뒤섞여 부글부글 끓어오르는 도가니 같았다.

빛바랜 동백꽃색 목도리를 한 채 강율은 멍하니 서서 눈이 내리는 역 광장을 내려다보았다. 광장 한가운데 있는 높은 시계탑에서 '뎅뎅' 소리가 났고 그 위를 이름 모를 새 떼가 지나갔다. 그 광경을 보며 강율이 저도 모르게 중얼거렸다.

"여기가……, 가온이구나."

평생을 고향 미리뫼에서 나고 자라, 제 인생에 가온이란 아주 멀고 먼 곳인 줄로만 알았다. 하지만 지금 이렇게 강율의 눈앞에 가온이 있었다. 가슴이 벅차오르며 짐을 든 손에 저절로 힘이 들어갔다.

"길 좀 비켜 줄래요?"

뒤에서 들려온 목소리에 강율은 자신이 계단 한복판을 떡하니 가로막고 있다는 사실을 깨달았다.

"아! 죄, 죄송합니다!"

"고마워요."

고향에선 볼 수 없는 신식 양장을 빼입은 여자가 고개를 까닥였다. 윤이 나는 비로드 망토에 고운 담비 털이 달린 여자의 양장옷을 보고는 강율이 제 차림새를 확인했다. 사촌 언니에게 물려 입은 하얀 누비저고리에 짙은 호박색 치마 차림을 한 자신은 이곳에 어울리지 않는 것 같았다.

"……언니가 옷 한 벌 짓자고 할 때 하나 맞춰 둘걸."

가온에 가는 게 뭐 그리 큰일이냐며 거절했던 게 생각났다. 하지만 이미 지나간 일이었다. 강율이 고개를 젓곤 얼른 계단을 내려가 전차 정거장으로 향했다. 전차 타는 법 정도는 사촌 언니 미도에게 상세히 배웠던 것이다.

"그러니까, 기차역 앞에서 전차가 선다고 했었지."

광장을 가로지르는 수많은 사람들 틈바귀에 껴 함께 움직이고 있자니 강율은 어쩐지 자신도 이 가온의 일부가 된 기분이었다. 여기서는 아무도 자신을 알아보지 못했다.

'미리뫼에서는 생각도 못 할 일인데.'

고향에서는 한 다리만 건너면 모두가 아는 사이였기에 어딜 가나 인사말이 끊이지 않았다. 그러나 이곳 가온은 완전히 새로운 도시. 어디서 무엇을 하든 다른 사람은 신경 쓰지 않아도 좋았다.

숨을 다시 한번 크게 몰아쉬던 강율은, 마침 땡땡 울려 대는 종소리에 퍼뜩 놀라 사람으로 가득 찬 전차 끄트머리에 몸을 실었다. 허둥지둥 전차에 타는 바람에, 손목에 걸린 제 두루주머니에 누군가 손을 넣는 것도 깨닫지 못했다.

"전차 출발합니다!"

차가운 바람이 뺨을 스쳐 지나갔다. 전차의 움직임에 따라 가온 거리의 모습이 휙휙 눈앞을 지나쳤다. 강율은 그 모습을 넋 놓고 바라보았다. 그래서 제복을 입은 남자가 제 옆에 다가온 줄도 몰랐다.

"표 삯 내시오."

깜짝 놀란 강율이 아, 하며 얼른 두루주머니를 뒤졌다.

"어?"

하지만 잡히는 게 없었다. 강율이 당황한 얼굴로 다시 주머니를 뒤졌지만 분명 있어야 할 돈은 보이지 않았다.

"어, 어……?"

가온에 올라가거든 정신을 똑바로 차리라던 사촌 언니의 말이 떠올랐다. 강율 앞에 온 검표원이 엄한 목소리로 말했다.

"표 삯이 없으면 내려야 하오."

"자, 잠깐만 기다려 주십시오. 제가 분명히……."

그런 말을 하는 사람들을 한둘 보는 게 아니라는 표정으로 검표원이 딱딱하게 말했다.

"내려야 하오."

강율이 최대한 난감해하는 목소리로 말했다.

"제, 제가 입학시험을 치러야 하는데 이 전차를 놓치면 안 됩니다. 시험을 치르고 두 배를 낼 터이니 이번 한 번만 봐주실 수 없겠습니까?"

검표원은 대답도 없이 고개를 내저었다. 눈 뜬 채로 코 베어 간다는 가온에 올라와 정신을 판 게 불찰이었다. 하지만 이제 와서 후회해 봤자 소매치기당한 돈이 되돌아오는 것도 아니었다.

'입학시험을 놓치면 가온까지 온 보람도 없이 고향으로 되돌아가야 하는데!'

그 생각을 하니 눈앞이 캄캄했다.

가온까지 올라오는 열차 삯을 마련하기 위해 아버지는 가지고 있던 책을 팔았고 어머니는 남의 집 일을 며칠간이나 해 주어야 했다. 이렇게 시험조차 보지 못한 채 돌아갈 순 없었다. 가온학사에 들어가 졸업하기만 하면 바로 일자리를 잡을 수 있다며, 그렇게만 되면 매달 돈을 부치겠노라고 어머니에게 자신만만하게 이야기했던 것도 떠올랐다.

다시 한번 말해 보려고 강율이 고개를 든 순간, 뒤에서 목소리가 들렸다.

"이 친구의 삯은 제가 내도록 하지요."

낯선 목소리였다. 검표원은 그가 내민 돈을 받고 바로 다음 사람을 향해 걸음을 옮겼다. 강율이 깜짝 놀라 뒤를 돌아보았다.

"안녕하시오."

시원한 미소가 눈에 들어왔다. 키가 훤칠한 남자였다. 다갈색 머리칼에는 파나마모자가 멋지게 안착해 있었다. 강율이 뭐라 대답하기도 전에 먼저 말이 되돌아왔다.

"내 이름은 이산영이외다. 도움이 필요한 듯하여."

갑작스러운 상황에 강율이 말을 더듬거렸다.

"아, 안녕하십니까. 저는 박강율이라 합니다. 도움은……."

"감사하다는 말은 나중으로 넣어 둡시다. 입학시험이라 하는 걸들었는데, 혹시 가온학사로 가시는지?"

산영의 물음에 강율이 눈을 동그랗게 떴다. 그걸 본 산영이 활짝 웃었다.

"혹시나 했는데 역시나구려. 나도 가온학사의 입학시험을 치르러 가는 중입니다. 여기서 동기를 만날 줄은 몰랐지 뭡니까."

그 말에 더 놀란 강율이 제 앞에 선 산영을 위아래로 훑어보았다.

"그, 그럼 그쪽도 술사……라는 겁니까?"

'술사'라는 단어를 속삭이듯 말하며 강율이 물었다. 산영이 웃으며 고개를 끄덕였다.

"맞소. 왜, 그렇게 보이지 않나 봅니다?"

"아니, 아니! 그건 아닌데!"

강율이 헐레벌떡 손을 내저었다. 산영이 재밌다는 듯 큭큭 웃었다.

"농이오. 다들 그렇게 말을 합디다. 나와 술사는 영 어울리지 않는다고."

안도의 숨을 내뱉은 강율이 다시 한번 산영을 바라보았다. 미리뫼에는 술사가 없었기에 이렇게 다른 술사를 만나는 건 처음이었다. 물론 강율 스스로도 자신이 술사라는 걸 안 지 얼마 되지 않았지만.

가온학사. 그리고 술사.

예로부터 선인이나 도사 혹은 무당 등 다양한 이름으로 불리던 사람들을 새로이 일컫는 명칭이 바로 '술사'였다. 그리고 가온학사는 그들을 양지로 끌어들이고 체계적으로 양성하기 위해 세워진

이 나라 유일의 교육기관이었다.

예전엔 술사들이 사람들을 속이거나 요사스러운 것들을 불러 낸다 하여 탄압했으나 가온학사가 세워지고 난 후 많은 변화가 있었다. 술사들을 체계적으로 관리하고 그들의 힘을 나라를 위해 사용할 수 있게 하자 술사가 되고 싶어 하는 이들이 꽤 많아졌다. 게다가 가온학사를 졸업하고 나면 바로 직책에 봉해지고 하급 관리로 일할 수 있었으니 가문이나 신분이 별 볼 일 없는 사람들에게는 최고의 선택이었다.

'하지만 이 사람은……'

강율이 산영을 뜯어보았다. 사람 좋게 웃는 소탈한 미소와는 다르게 그가 입고 있는 양장은 잘 모르는 강율이 봐도 고급스러웠다. 게다가 이렇게 난생 처음 보는 사람에게 전차 삯까지 턱턱 내줄 정도라면 부잣집 도련님이 분명했다.

그런 사람들은 굳이 술사가 되고 싶어 하진 않았다. 이미 정해진 탄탄대로가 있는데 뭣 하러 아직까지 부정적인 인식이 남아 있는 길을 가려 한단 말인가. 강율이 그런 생각을 하는지 모르는 산영은 방긋방긋 잘도 웃었다.

"같은 입학시험을 보러 가는 걸 보니 나이는 얼추 비슷하겠고. 그럼 말을 놔도 되겠소?"

삯을 대신 내 준 건 고마웠지만 이런 사람과 친해지고 싶지는 않았다. 가온에 가면 사람을 조심하라는 소리를 귀에 못이 박히게 들은 탓이었다.

"고맙긴 하지만 그건……."

"아, 우린 여기서 내려야 해!"

산영이 강율의 손에서 가방을 낚아채고는 얼른 내려오라며 손짓했다. 무슨 말을 할 새도 없었다. 정말 뭐에라도 홀린 기분이었다. 강율이 땅에 발을 디디자마자, 전차는 땡땡 소리를 내며 정류장을 떠났다.

❀ 2 ❀
중앙가온학사

"저기가 바로 가온학사라네!"

산영이 손을 들어 명랑한 목소리로 말했다. 강율이 멍한 얼굴로 눈앞의 건물에 시선을 돌렸다. 그런 강율을 산영은 미소 띤 얼굴로 바라보았다.

신기한 일이었다. 전차 안에서 강율을 처음 봤을 때 산영은 너무 놀라 벼락을 맞은 것만 같았다.

둥그런 이마, 그 아래 자리한 눈동자의 곧은 눈빛, 낮고 듣기 좋은 목소리까지. 전부 그녀를 닮아 있었다.

'……처음에는 정말 살아서 돌아온 줄 알았지.'

십 년 전, 그 모습 그대로.

차가운 눈발이 날리던 그때로 다시 한번 빨려 들어간 느낌이었다. 이미 죽은 이가 돌아올 리 없다는 것을 잘 알면서도 산영은 강율을 그대로 지나칠 수 없었다. 그래서 강율을 도와준 거였다.

자신을 바라보는 강율의 눈동자가 그녀와 닮아 있어서, 그 목소리가 꼭 같아서. 게다가 같은 곳으로 입학시험을 보러 간다 하니 더더욱 지나칠 수가 없었다.

'참, 이상한 인연이야.'

산영이 그런 생각을 하는지 모르는지 강율은 그저 풍문으로만 듣던 가온학사가 지금 자신의 앞에 있다는 사실에 놀라 말을 잇지 못했다.

"저기가 바로⋯⋯!"

태어나 그런 광경은 처음이었다. 눈을 한 번 깜빡였다. 모든 것이 새로웠다. 나라의 수도인 가온 안에서도 아마 이런 건물은 보기 힘들리라.

잘 다듬어진 중앙 광장과 고풍스러운 본관을 사이에 두고 양옆으로 두 개의 건물이 날개처럼 펼쳐져 있는 모습이 가장 먼저 눈에 들어왔다.

주르륵 늘어선 유리창들이 햇빛을 반사하며 반짝이는 빛을 흘

뿌렸다. 돌로 지어진 이국적인 건물은 기묘하면서도 압도적인 분위기를 자아냈다. 벽에는 아직 잎이 달리지 않은 담쟁이덩굴이 가득했고 뾰족한 지붕들이 줄줄이 이어져 있었다.

사람들이 아치형 정문으로 들어가는 게 보였다. 정문 위쪽에는 '중앙가온학사'라 적혀 있었고 그 아래로 '더 나은 세상을 위해 한 발짝'이라는 글귀가 보였다. 그제야 강율은 자신이 가온학사에 도착했다는 것을 실감할 수 있었다.

"정말로 내가 여기에 왔어……."

옆에서 산영이 웃으며 말했다.

"앞으로 우리가 함께할 곳이 될지도 모르지. 어때, 멋지지 않나? 원래는 가온 왕조 때 왕족들의 별궁으로 지어진 곳이지만 총통이 쿠데타를 일으킨 이후 이렇게 학교로 사용되고 있다네."

"자네는 별걸 다 아는군."

"입학을 하면 적어도 삼 년은 다닐 곳인데 미리 알아 둬서 나쁠 건 없겠다 싶어서."

정문으로 들어선 강율이 다시 한번 가온학사의 풍경을 바라보았다.

정말 신기했다. 입학시험만 통과하면 이곳에서 지낼 수 있다니. 이층짜리 건물은커녕 다 쓰러져 가는 흙집만 드문드문 있는 고향에서는 상상도 못 할 광경이었다.

잘 관리된 중앙 정원과 동상들을 구경하던 강율의 눈에 뭔가가 들어왔다. 긴장된 얼굴로 입학시험을 기다리는 이들과는 달리 구석진 곳에서 뭔가를 감시하고 있는 듯한 사람들이 군데군데 서 있었다.

'뭐지?'

강율의 시선이 어디에 향한 건지 알아챈 산영이 조용한 목소리로 입을 열었다.

"아, 저 치들."

"저 사람들은 누군가? 입학시험을 보러 온 학생들처럼 보이지는 않는데."

산영이 어깨를 으쓱이며 대답했다.

"경시청 소속의 나리들일세."

"겨, 경시청?"

그 말에 강율의 표정이 굳었다.

"경시청의 경관들이 왜 가온학사에 있어? 저들은 큰 사건을 수사하거나 범인의 뒤를 쫓는 일을 하는 사람들이 아닌가? 혹시 가온학사에 무슨 일이 있는 건가?"

"글쎄, 무슨 일 때문이라고 한다면 역시 오늘 있을 입학시험을 감시하기 위함이겠지?"

산영의 말에 강율이 눈썹을 찌푸렸다.

"입학시험을 경시청에서 감시한다고?"

"경시청이 총통만을 위해 움직인다는 건 공공연한 비밀이지. 그런 저들이 가온학사를 감시하러 나왔다면 어떤 일이겠는가?"

산영의 말에 강율의 목덜미에 오스스 소름이 돋았다.

"총통……."

총통 김희원.

그는 가온왕조를 무너뜨리고 스스로 총통의 자리에 오른 이 나라 제1권력자였다.

"술사들은 보통 사람들이 할 수 없는 일들을 해낼 수 있는 능력을 가지고 있잖나. 그런 술사들이 딴마음을 먹지 않도록 감시하는 게 총통에게는 아주 중요한 일이겠지."

산영의 목소리는 낮았다. 강율은 다시 한번, 눈을 번득이며 신입생들을 살피는 경관들을 바라보았다. 총통이 무소불위의 권력을 가지고 있다는 건 강율도 알고 있었다. 하지만 머리로 아는 것과 이렇게 눈앞에서 직접 보는 건 확실히 달랐다.

"누가 시험을 통과해서 가온학사에 입학하는지 확인하는 한편, 새로운 신입생들 사이에 총통에게 불순한 마음을 품은 자가 없는지 걸러 내려는 걸세."

그 말을 하는 산영의 옆얼굴에 사람 좋은 미소가 싹 사라져 있었다. 차가운 그늘이 내려앉은 표정에 강율의 마음도 함께 무거워졌다.

"가온학사 입학시험 응시자들은 앞쪽으로 나와 주십시오."

많은 사람들 사이를 뚫고 깨끗한 음성이 앞에서 흘러나왔다.

입학시험을 준비하던 사람들이 모두 중앙 광장 앞쪽으로 나섰다. 비슷한 또래로 보이는 사람들이 많았다. 산영이 한번 둘러보더니 자신만만한 미소를 지으며 말했다.

"역시나 내가 제일 잘생겼군. 그렇지?"

뻔뻔한 얼굴로 그런 말을 하는 산영을 보며 강율은 뭐라 대답해야 할지도 몰라 그냥 입을 다물었다. 가온 사람들은 다들 이런 건지 아주 조금 궁금했다.

"시험 응시자들은 이름 옆에 서명하고 명찰을 패용 후, 서관 건물 안으로 들어가십시오."

강율과 산영 역시 다른 사람들 뒤를 따라 움직였다. 생각보다 많은 응시자 수에 강율은 조금 걱정스러워졌다.

고향을 떠난 지 얼마나 됐다고 벌써 가족들의 모습이 보고 싶었다. 이러려고 그 먼 길을 올라온 게 아니었건만.

"……율. 강율?"

옆에서 자신을 부르는 목소리에 그제야 강율이 정신을 차리고 산영을 돌아보았다.

"무슨 생각을 그리 하나. 우리도 얼른 들어감세."

"으응, 그래야지."

강율의 걱정스러운 표정을 봤는지 산영이 부러 밝은 목소리로 강율의 어깨를 치며 말했다.

"우리도 잘할 수 있을 거야. 자, 명찰 여기 있어."

언제 챙겨 왔는지 산영이 강율에게 명찰을 내밀었다. 환하게 웃는 산영을 따라 강율도 한번 웃어 보였다.

"그래. 웃으니 훨씬 좋군."

"글쎄. 본 지 얼마 되지도 않는 사람의 기분을 풀어 주려 하는 게 기특해서 말이야."

가차 없는 강율의 말에 산영이 이번엔 너털웃음을 터뜨렸다.

"기특하면 우리 같이 시험을 통과해서 가온학사의 신입생이 되자고. 난 어쩐지 자네가 맘에 들거든."

산영의 말에 강율이 아까보다 크게 웃었다.

그래, 벌써 안 될 거라는 생각을 할 때가 아니었다. 이 입학시험을 넘겨야 진짜 가온학사의 술사가 될 수 있었다.

ა 3 ◌

'틈'을 찾아서

삐걱대는 문을 열고 안으로 들어선 건물은 생각보다 넓었다.

아니, 인상적일 만큼 상당히 넓었다고 해야 더 옳은 표현이었
다. 그러나 예전부터 쓰던 건물을 외관만 보수하고 내부는 신경
쓰지 않았는지 매우 낡았고 구석에는 거미줄도 잔뜩 있었다. 움
직일 때마다 나무판자로 된 바닥이 이상한 소리를 냈다. 겨우내
한 번도 불을 지피지 않았는지, 얼어붙은 돌벽에서는 냉기가 흘
러나왔다.

"뭐야. 바깥보다 춥잖아."

강율이 어깨를 쓰다듬었다. 큰 창문으로 시린 겨울 햇살이 겨

우 비쳐 들어와 아롱거리는 그림자를 남겼다.

"술사들이 필요하긴 하지만 그렇다고 대우해 줄 정도는 아니라는 뜻이군."

산영이 중얼거렸다. 그 말뜻을 강율이 곱씹어 보기도 전에 커다란 소리가 났다.

쾅!

들어온 문이 닫히는 소리였다. 이윽고 목소리가 울려 퍼졌다.

"가온학사 입학시험 응시생 여러분, 이제부터 입학시험이 시작됩니다. 안전을 위해 명찰을 꼭 패용해 주십시오. 이것은 여러분이 다시 이쪽으로 돌아올 수 있게 해 주는 안전장치입니다."

어디서 들리는지 모를 목소리가 큰 홀 안을 가득 메웠다.

"입학시험의 주제를 알려 드립니다. 응시생 여러분은 이곳 서관에 있는 '틈'을 찾으십시오. 그리고 그 틈이 하는 이야기를 건져 오십시오. 종료 시각은 오늘 자정입니다. 틈 안에서 이야기를 건진 응시생은 명찰을 세 번 손가락으로 두드려 다시 돌아올 수 있습니다. 이야기를 건지지 못하거나 시간이 초과된 응시생은 불합격 처리됩니다. 이 점 유의하시길 바라며, 모두의 합격을 기원합니다."

목소리가 멎자마자 다른 응시생들이 술렁거렸다.

"틈이라고? 그런 게 여기 있단 말인가?"

"이야기를 건지는 정도라면 위험하지는 않을 듯싶네. 어떤 이야기인지 정해진 건 아니니까. 짧은 걸 건져 오도록 하지."

"함께 가겠나? 앞뒤로 이야기를 잘라 나눠 가지자고!"

술렁거림도 잠깐. 금세 다들 어떻게 시험을 치를지 논의하기 시작했다. 하지만 강율만은 도대체 이게 무슨 소리인지 하나도 이해할 수가 없었다.

"그런 주제라면 금방 끝낼 수……."

쉽겠다는 듯 옆에서 고개를 끄덕이던 산영이 굳은 강율의 얼굴을 살폈다.

"저기, 강율……. 왜 그러나?"

"지금 이게 다 무슨 말인지, 난 하나도 못 알아듣겠어서."

"자네 설마, 술법에 대해서 하나도 모르는 겐가?"

강율이 얼굴을 붉혔다. 다들 이렇게 술법에 대해 잘 알고 있을 줄은 몰랐다. 고향 미리뫼에는 술사들이 없었으니까.

"부끄럽지만 나는 술법을 배운 적이 없네. 그러니 여기에 온 거지! 배우려고."

"허어."

산영이 고개를 기우뚱거렸다.

"집안에 술사가 한 사람도 없었단 말인가?"

"그렇다네."

"음, 이러면 조금 복잡한데."

다른 응시생들이 벌써 삼삼오오 짝을 이뤄 흩어지는 걸 보면서 산영이 입맛을 다셨다.

일단 서관 안에 있는 틈을 찾아내는 게 우선이었기에 조금이라도 빨리 움직이는 게 유리했다. 하지만 지금 눈앞에 있는 어리숙한 강율을 데리고 틈을 찾아다니는 건 위험 부담이 있었다.

'하지만 뭐, 이곳을 나보다 더 잘 아는 사람은 없을 테니 시간에 맞출 수는 있겠지.'

그렇게 생각한 산영이 재빨리 입을 열었다.

"다른 기본적인 사항은 수업 때 배울 수 있을 테니 일단 틈에 관련된 것만 간단히 얘기하겠네. 잘 듣게."

"응."

강율이 눈을 빛냈다. 산영이 얼른 설명을 시작했다.

"술법을 행하려면 일단 술력이 필요해. 기본적으로 우리의 술법은 이계(異界)에서 술력을 빌려 오는 거거든. '틈'이란, 이계와 통하는 구멍이라고 보면 돼."

"그러니까 틈이라는 건 지금 이 세계와는 다른 세계의 힘이 새어 나오는 곳이라는 건가?"

"그렇지. 전해지는 이야기에 따르면 세계는 원래 두 개로 이루어져 있다고 하네. 처음에는 쌍둥이처럼 붙어 있었지만 시간이 흐를수록 점점 서로 떨어지게 됐지. 하지만 아직까지도 두 세계가 자연적으로 붙어 있는 곳이 몇 군데 있는데 그게 바로 '틈'이라네."

"술력으로 가득 차 있으니 보통 사람들에게는 위험한 곳이겠군?"

"맞아. 가온 왕조가 굳이 별궁을 여기에 세운 것도 그런 이유 때문이라네. 이곳이 가온에서 가장 큰 틈이 있는 곳이거든. 사람들이 여길 자유롭게 다니다간 무슨 일이 일어날지 몰랐지. 틈은 이계의 힘들이 충돌하는 위험한 곳이니까. 그래서 가온 왕조는 여기에 왕실 소유의 건물을 세우기로 한 걸세."

"그런 사연이 있었군. 그래서 총통 역시 이곳을 술사들의 교육처로 선택한 것이고."

"술사들이 이곳에 상주하는 것만큼 틈을 관리할 좋은 방법이 또 없으니까. 자, 그러니 우린 지금 이곳에 널린 틈 중 하나를 찾아내면 돼. 간단하지?"

그게 간단한 건지 아닌 건지 판단할 깜냥도 되지 않았지만 강율은 그저 고개를 끄덕였다. 아까까지만 해도 산영을 어떻게 떼어 놓을지 궁리하고 있었건만, 지금은 오히려 강율이 산영을 졸졸 따라다녀야 할 형편이었다.

"그럼 이야기를 건진다는 건 무슨 뜻인가?"

걸음을 옮기던 산영이 고개를 살짝 돌려 대답했다.

"나중에 알게 되겠지만 술법은 기본적으로 '언어'에 그 힘을 기대고 있어. 그러니 틈은 늘 뭔가를 '이야기'한다네. 우린 오늘 그 이야기를 들으러 가는 거고."

산영이 강율에게 손을 내밀었다.

"자, 우리 한번 같이 들어 보세."

나중에.

아주 나중에.

자신이 그 손을 잡지 않았더라면 어땠을까, 생각을 하는 날이 오게 될 줄은. 강율은 아직 꿈에도 모를 때였다.

♌ 4 ♋
무서운 것이 산다

"저기, 같이 좀 가자고!"

헉헉 숨을 몰아쉬며 강율이 산영에게 소리쳤다. 큰 걸음걸이로 저만치 앞서가고 있던 산영이 뒤를 돌아보곤 '아!' 하는 표정을 지었다. 강율이 눈썹을 찌푸리며 물었다.

"자네, 솔직히 말해. 나랑 같이 있다는 것도 잊었지?"

산영이 밝은 눈동자를 도로록 굴렸다. 거짓말은 못하는 얼굴이었다. 강율이 가볍게 어깨를 으쓱였다.

"됐네. 어차피 이번 시험은 자네 덕을 좀 봐야겠으니 이 정도는 봐주겠어."

"하하, 미안하군. 아무래도 너무 간만에 돌아와서 마음이 들뜬 모양……."

거기까지 말하던 산영이 아차 하는 표정으로 입을 다물었다. 강율이 고개를 갸웃거렸다.

"간만에 '돌아'왔다고? 그게 무슨 뜻인가?"

"아! 저쪽에서 뭔가 수상쩍은 기운이 느껴지는데!"

티 나게 말머리를 돌리는 산영의 뒷모습을 보며 강율이 눈썹을 살짝 들어올렸다. 의심스러운 게 한두 개가 아니었지만 산영이 아니라면 입학시험을 통과할 방법은 없으니 일단은 묵묵히 따르는 수밖에 없었다.

"그래, 틈을 찾은 겐가?"

강율은 산영의 뒤를 따라 어느 홀 안으로 천천히 발을 들여 놓았다. 저번 오일장에 나가 쌈짓돈을 털어 맞춘 다갈색 구두가 대리석 바닥에 부딪쳐 경쾌한 소리를 냈다.

"응?"

강율이 고개를 돌렸다. 분명 뭔가의 그림자가 홀 안쪽으로 사라진 것 같았다.

하지만 홀 안은 텅 비어 있었고 사람이 숨을 만한 구석도 없었다. 강율이 고개를 살짝 갸웃거렸다.

"내가 잘못 봤나?"

삼면으로 나 있는 긴 창으로 교정의 멋진 풍경이 한눈에 들어왔다. 지금은 겨울의 끝자락이라 바깥의 나무들이 앙상했지만 봄과 여름엔 푸르름에 물든 장관이 펼쳐질 듯했다.

바닥에 무릎을 꿇은 채로 뭔가를 들여다보며 산영이 중얼거렸다.

"으음. 이상하네, 이상해. 분명 뭔가가 있는데 왜 틈이 열리질 않지?"

강율은 그런 산영을 둔 채 천천히 홀 안을 한 바퀴 돌았다. 바닥엔 커다란 둥근 무늬가 그려져 있었다.

'마치, 시계 같군.'

시계와 다른 점이 있다면 여기엔 시간을 알려 주는 시곗바늘이 없다는 점 정도일까. 강율이 무의식적으로 둥근 시계 무늬의 정중앙에 섰다. 긴 창문 너머로 벌써 저물어 가기 시작하는 겨울 하늘의 노을이 보였다. 그 노을을 따라 강율의 그림자 역시 길게 드리워졌다.

그림자 끝이 시계 무늬의 끝에 닿는 순간,

새야, 새야. 파랑새야, 녹두밭에—

갑자기 들려온 노랫소리에 강율이 깜짝 놀라 고개를 들었다.

산영이 자리에서 일어나며 별것 아니라는 듯 말했다.

"종소리네. 이 위에 시계탑이 있거든. 한 시간마다 종이 울리는데……."

설명하던 산영의 목소리가 뚝 끊겼다.

"산영, 갑자기 왜……."

산영의 시선을 따라 고개를 돌린 강율의 입도 딱 벌어졌다. 둘은 놀란 표정으로 서로를 바라봤다.

"저, 저게 무슨……."

강율이 바닥에 털썩 주저앉았다. 다시 한번 창밖을 바라보았지만 달라지는 건 없었다. 강율의 눈이 창문을 훑었다.

아니, 정확히 말하면 창문 너머 잎사귀가 잔뜩 달린 여름의 나무를.

분명 조금 전까지 앙상한 나뭇가지뿐이었는데, 지금은 창밖이 온통 녹색으로 물들어 있었다.

"말도 안 돼."

강율이 중얼거렸다. 먼저 정신을 차린 건 산영이었다.

"뭐가 틈으로 들어가는 문이었던 거지? 난 아무것도 하지 않았는데. 강율, 자네 혹시……. 강율?"

멍하니 창밖만 쳐다보고 있는 강율의 어깨를 산영이 가볍게 짚었다. 그제야 제정신이 돌아온 강율이 산영을 올려다보았다.

"강율?"

산영이 자신의 옷자락을 잡고 있는 강율의 손을 바라보았다. 그 손이 작게 떨리고 있다는 걸 산영은 금방 알아챘다. 산영은 강율 앞에 무릎을 굽히고 앉았다. 눈높이가 같아지자, 새하얗게 질린 강율의 얼굴이 한눈에 들어왔다.

"괜찮아."

산영이 부드러운 목소리로 말했다.

"그저 우리가 지금 '틈' 안에 들어온 것뿐일세. 그러니 걱정할 것 없어."

산영의 말에 강율이 겨우 눈을 깜박였다.

"……틈 안에 들어온 거라고?"

"응. 틈 안에서는 시간도 제멋대로 흐르거든. 이 틈의 시간은 여름인가 보군."

산영이 홀 안을 한번 휘 둘러보았다.

"보통 틈은 술사가 자유롭게 드나들 수 있어. 그런데 아까는 내가 분명 이곳에서 틈의 기운을 느꼈는데도 마치 누가 한 겹 막을 친 듯 들어갈 수가 없어 이상했거든. 하지만 뭐, 어쨌든 들어왔으니 된 거지."

느긋하게 대답하는 산영을 보며 그제야 강율도 자리에서 일어나 주변을 살폈다.

"바깥 풍경만 빼면 딱히 다를 것도 없는 듯한데."

"아니지, 아니지. 자, 저길 한번 보시게나."

산영이 손을 뻗어 시계 무늬 바닥을 가리켰다. 거기엔 아주 작은 호랑이 한 마리가 뛰어놀고 있었다. 강율이 눈을 벅벅 닦고는 다시 바닥을 보았다. 그러나 수염을 휘날리며 이리저리 뛰어다니는 손가락만 한 호랑이가 없어지지는 않았다.

"저, 저게 대체 무엇이란 말인가!"

"하하, 글쎄 여기는 틈이래도. 저런 것들은 천지에 깔려 있는 곳이지. 내 아까 말했지 않은가. 틈은 '힘'이 나오는 곳이라고. 술법의 기본이 되는 힘이 샘솟는 곳에 이상한 것들이 있는 건 당연하지. 자, 그럼 틈에도 들어왔겠다. 이야기를 한번 찾아 볼까?"

아무렇지도 않게 행동하는 산영의 뒤를 바짝 쫓으며, 강율은 그제야 주변을 제대로 살펴봤다. 문에 대롱대롱 달려 있는 이상한 구렁이, 창문 밖에서 나비처럼 계속 팔랑이는 것들, 스멀스멀 움직이는 바닥 무늬와 공중에 꽃가루처럼 둥둥 뜬 채 반짝이는 작은 입자들까지.

확실히 강율 자신이 알던 세상은 아니었다.

'이곳이 바로 틈. 술사들의 세계……'

기분이 이상했다. 한 번도 가 보리라 생각하지 못했던 가온에 올라왔고 그동안은 관심도 없던 술사 학교의 입학시험을 치르고 있다는 게.

"자. 나와라, 이야기야. 내가 이렇게 들어 줄 테니."

앞에 서 있는 산영의 다갈색 머리칼이 눈에 들어왔다.

"이야기는 어떻게 듣는 건데? 나도 도와주긴 해야지."

"음, 뭐라고 설명해야 하지? 그냥 이렇게 잘 들으면 들리는데."

귀에 손을 대는 시늉을 하는 산영을 보며 강율이 한숨을 내쉬었다.

"그걸 지금 설명이라고 하는 겐가?"

"미안. 나는 원래부터 타고난 술사라 어떻게 노력을 해야 하는지 알려 줄 수가 없네."

잘난 척하는 산영을 보며 강율이 얼굴을 찌푸렸다. 하지만 그래도 지금 믿고 의지할 데는 산영밖에 없었다. 강율이 머뭇거리면서 산영처럼 귀에 손을 갖다 댔다.

쏴아아.

바람 부는 소리가 크게 한 번 났고 그다음엔 사방이 잠잠했다.

'그럴 줄은 알았지만 정말 아무 소리도 안 들리잖아.'

하지만 산영은 이쪽저쪽으로 귀를 대 가며 발걸음을 옮기고 있었다. 이야기를 건져 가지 못하면 그대로 입학시험에서 떨어지고 만다. 그런 일은 강율도 원치 않으니 일단은 노력이라도 해 봐야 했다.

……산다.

"응?"

강율이 발걸음을 멈췄다. 분명 무슨 목소리가 들린 것 같았다. 다시 한번 귀에 손을 대고 아주 조심스럽게 걸었다.

……것시 산다.

그러자 바람결 같던 소리가 점차 뚜렷한 의미를 담기 시작했다.

셔기셔는…… 것시 산다.

셔기셔는 무셔운 것시 산다.

마침내 하나의 문장을 들었을 때, 등골을 타고 소름이 쭉 끼쳤다.

산 사람의 목숨을 빨아먹는 무셔운 것시, 셔기셔.

가까워진 목소리가 바로 뒤에서 들리자 강율은 그 자리에 굳어 버렸다.

솨아아. 다시 한번 바람이 불고 여름의 나뭇잎들이 스치는 소리가 났다. 그리고 그 사이로 들리는 틈의 이야기. 높낮이도 없는 소리는 점차 여럿이 말하는 것처럼 사방에서 웅웅댔다. 듣고 싶지 않았지만 몸을 움직일 수도 없었다.

너희도 너희도 너희도

우리처럼 우리처럼 우리처럼

"강율!"

헉, 짧은 숨이 터져 나왔다. 강율의 얼굴 바로 앞에 산영이 있었다.

"무슨 일인가! 귀신이라도 본 표정이야."

정신을 차린 강율이 주변을 살폈다. 목소리는 이미 사라지고 들리지 않았다. 강율이 산영의 어깨를 잡고 떨리는 목소리로 속삭였다.

"드, 들었네!"

"무엇을?"

"틈의 이야기 말일세!"

"허어, 정말로? 나도 못 들은 것을 자네가 들었단 말이야?"

강율이 대답 대신 홀 안을 둘러보았다. 그 목소리가 또다시 들릴까 봐 무서웠다. 심상치 않은 강율의 표정에 산영이 고개를 끄덕였다.

"알겠네. 일단은 이 틈에서 나가지. 어쩐지 기분이 영 좋지 않으니 말이야. 다른 틈을 찾아보자고."

강율이 크게 고개를 끄덕였다.

여기에 사는 무서운 것. 그게 뭔지는 몰라도 지금 당장 만나고 싶지는 않았다.

산영과 강율이 얼른 가슴께에 찬 명찰을 세 번 두드렸다. 그러자 따스한 빛무리가 명찰을 중심으로 퍼졌다.

"시간 내에 맞춰서 다른 틈을 찾으려면……."

거기까지 말하던 산영이 고개를 갸우뚱했다. 커졌던 빛무리가 곧 꺼져 버리고 만 것이다. 마치 누가 훅, 하고 바람이라도 분 것처럼.

"으응?"

산영이 이상하다는 듯 고개를 갸웃거리더니 다시 명찰을 건드렸다. 그러나 이번엔 빛무리조차 일어나지 않았다.

"뭐야, 왜 이러는 거지? 강율, 자네 것도 그런가?"

산영의 말에 강율 역시 자신의 명찰을 두드려 보았지만 변화가 없는 건 똑같았다.

"이럴 리가 없는데. 안전장치가 작동하지 않는다니. 뭔가가 이상……."

산영의 말이 끊겼다.

쿠쿵!

우르릉거리는 진동과 함께 홀과 이어진 복도에서 이상한 소리가 났다. 둘의 고개가 그쪽으로 돌아갔다. 산영의 얼굴이 굳었다.

콰쾅쾅!

"헉!"

둘은 숨을 짧게 들이마셨다. 무언가 보이지 않는 힘에 무너진 건물의 잔해와 흙더미가 해일처럼 두 사람을 향해 밀려왔다.

"강율, 피해!"

홀과 이어진 다른 복도로 피해 보려 했지만 그쪽의 상황도 똑같았다. 이어진 세 개의 복도가 모두 무너져 내리고 있었다. 피할 곳은 없었다.

이런 곳에서 원인 모를 사고에 휩쓸려 죽을 거라곤 상상도 하지 못했다. 강율의 온몸에 뻣뻣하게 힘이 들어갔다.

"강율, 뒤!"

산영이 다급한 목소리로 외치며 뒤편을 가리켰다. 뒤쪽 벽을 무너뜨리고 엄청난 흙의 파도가 강율을 향했다. 저런 것에 휩쓸리면 뼈도 추리지 못할 게 분명했다. 도망쳐야 했지만 도저히 다리에 힘이 들어가지 않았다.

"강율!"

산영이 이쪽을 향해 손을 뻗는 게 보였다. 하지만 이미 늦었다.

거대한 흙의 파도가 강율의 머리 위에 그림자를 드리웠다. 움직이지도 못한 채 강율은 그것을 바라보았다.

멍하니 서 있는 강율의 머릿속에 고향의 모습이 떠올랐다.

아마 지금이면 어머니와 아버지는 다가올 봄갈이를 위해 땅을 살피며 필요한 비료들을 챙기고, 소들을 토실토실하게 먹이고 있을 것이었다. 여물 쑤는 냄새가 바로 앞에서 날 것만 같았다. 뒤늦게 온 봄눈에 하얗게 변한 논이었지만 그 안에는 상상할 수도 없을 만큼 많은 생명들이 자라고 있고…….

밀려오는 죽음의 그림자에 강율은 눈을 감으려 했다. 그러나 순간, 강율의 두 눈동자에 다른 그림자가 비쳤다.

"무슨……?"

강율의 시선이 그림자를 향해 빨려 들어갔다. 창문을 깨고 들어온 그림자의 긴 옷자락이 날개처럼 펄럭였다. 깨진 유리 조각들이 마치 보석처럼 반짝였다. 흩날리는 검은 머리칼 사이로 길고 깊은 눈매가 보였다.

아주 잠깐, 타오르는 불 같은 눈동자와 시선을 마주친 것 같기도 했다. 시간이 한없이 느리게 흘렀다.

"천사……."

강율의 입술에서 그 말이 부지불식간에 흘러나왔다.

그것밖에 떠오르지 않았다. 고향의 오일장에 간간이 오던 놀이패에게 들은 이야기였다. 바다 건너 어떤 나라에는 천사라 불리는 것들이 있는데 하늘을 날 수 있으며 등에 아주 아름답고 큼지막한 날개를 달고 있다는.

그리고 지금 강율의 눈앞에 있는 저 사람은, 이야기 속의 천사를 꼭 닮아 있었다.

✧ 5 ✧
천사의 정체

"물렀거라!"

김종하가 크게 소리치며 손에 든 무언가를 던졌다.

퍼엉!

우렁찬 소리와 함께 반투명한 결계가 홀 주변으로 형성되었다. 쏟아지던 흙더미가 결계에 막혀 더 이상 밀려오지 못했다. 종하는 얼른 주변을 둘러보았다. 낯선 이들의 모습이 보였다. 날카로운 목소리로 종하가 물었다.

"너희는 뭐야?! 분명히 몇 겹으로 봉인을 해 두었는데 어떻게 이 안으로 들어온 거지?"

"저, 저희는 입학시험을 치르던 중인데……."

하지만 대답은 곧 무시무시한 소리에 가로막혔다.

쩌적!

"위, 위에…… 천장이!"

천장에 금이 가고 있었다. 기우뚱거리는 샹들리에 아래로 돌조각이 쏟아져 내렸다. 위에서 내려오는 흙더미를 견디지 못한 결계 한쪽에 금이 가기 시작했다.

종하가 살아 있는 것처럼 움직이는 흙더미를 바라보았다. 저건 그냥 흙더미가 아니었다. 흙의 모양을 한 마수였다. 종하가 제 머리를 거칠게 흩뜨렸다.

"역시 판을 열지 않고 주문석으로만 친 결계는 약한 건가……."

지금은 많은 걸 생각할 틈이 없었다. 시험을 치르러 왔다는 것을 보면 저 둘은 아마 가온학사의 예비 신입생들일 것이다. 그렇다면 이곳에서 틈 안의 마수들을 상대할 수 있는 사람은 종하 자신뿐이었다. 게다가 이 틈은 종하가 열어 놓은 틈이었으니 스스로 책임져야 할 일이었다.

'도대체 틈의 봉인을 누가 풀어 놓은 거지? 신입생들이 풀 수 있을 만한 게 아니었는데.'

하지만 지금은 누가 봉인을 풀었는지 생각할 때가 아니었다.

"나는 가온학사 2학년 김종하일세! 내가 여길 막고 있을 테니, 둘은 먼저 몸을 피하게! 내가 들어온 창문을 통하면 틈 바깥으로 이어져 있을 거야! 둘이 동시에 나가야 하네!"

종하의 말에 강율이 대답했다.

"하, 하지만 어떻게 선배님만 두고 먼저 간단 말입니까!"

"누군가는 나가서 민한희 조교님께 이 상황을 알려야 하네! 그러지 않고서는 여길 막을 수 없어. 그러니, 어서!"

강율은 여전히 머뭇거렸지만 산영은 고개를 끄덕였다. 어차피 여기 있어 봤자 도움이 되지 않는다는 것을 금방 알아차렸기 때문이다.

"강율, 가자!"

산영의 말에도 강율은 종하 쪽을 바라보았다.

"강율!"

종하의 말대로 창문턱에 올라간 산영이 강율에게 손을 내밀었다. 종하가 틈 안으로 들어오면서 깨진 유리 조각들이 창문 주변에 어지러이 깔려 있었다. 창문 아래는 까마득한 어둠이었다. 떨어지면 끝이 없을 것 같았다. 그래도 일단은 가야 했다.

강율이 산영의 손을 잡고 창문 위로 올라가려 했지만,

쿠콰쾅!

"산영!"

금이 간 천장이 버티지 못하고 무너져 내리면서 산영과 강율 사이를 가로막았다. 쏟아진 흙더미에 쓸려 산영이 창밖으로 떨어졌다.

"강율!"

"안 돼!"

강율의 외침이 무색하게 산영은 창 아래 어둠 속으로 꿀걱 삼켜지고는 순식간에 사라져 버렸다. 비명을 듣고 종하가 달려왔다. 그러고는 어찌된 일인지 알게 되자 얼굴이 굳었다.

"이미 입구가 닫혔군. 이제는 정말로 버티는 수밖에 없어."

강율이 놀란 목소리로 물었다.

"사, 산영은 어찌 되는 겁니까!?"

"떨어진 저 녀석 말인가? 저 녀석은 괜찮아. 내가 만들어 놓은 문을 통해 나간 셈이니까. 하지만 저건 딱 한 번만 쓸 수 있는 문이라서 말이지. 문제는 자넬세. 이름이 뭐지?"

"예, 예?! 아, 제 이름은 박강율이라 합니다."

놀란 강율에게 종하가 말했다.

"박강율. 자네는 여기서 나갈 수 없으니까, 내 뒤에만 있게. 이제 조교님이 빨리 우리를 찾아와 주길 바라는 수밖에는 없군."

이 안에서 얼마나 더 버틸 수 있을지 종하 자신도 알 수 없었다.

'게다가 나는 반 푼어치 술사이니······.'

어떻게 하면 좋을지 고민하는 종하의 귀에 강율의 외침이 들렸다.

"저, 저기!"

어느새 뚫린 건지 종하가 만들어 낸 결계가 완전히 무너져 있었다. 그 사이로 흙더미의 모양새를 한 마수가 움직였다.

콰쾅!

흙더미가 움직일 때마다 벽과 천장이 무너져 내렸다. 살면서 이런 일은 처음 겪는 강율은 도대체 어찌해야 할지 모르겠다는 얼굴이었다.

"어, 어떻게······!"

강율이 종하를 바라보았다. 종하가 입술을 깨물었다. 지체할 시간이 없었다. 자신뿐이라면 어떻게든 피할 수 있을지도 모른다. 그러나 지금은 책임져야 할 사람이 하나 더 있었다.

'김종하, 짝꿍도 없는 주제에 술법을 사용하고 다니면 정말로 목숨이 위험해질 수도 있다. 그건 알고 있지? 언제까지나 민 조교

가 너를 판에서 꺼내 줄 거라고 생각하지 마라.'

설록 교수가 했던 말이 종하의 머릿속을 스치고 지나갔다. 그러나 지금은 어쩔 수 없었다.

"……조교님, 빨리 오셔야겠습니다."

종하가 중얼거렸다. 그러곤 품에서 부채를 꺼내더니 손을 길게 뻗어 펼쳤다.

"그것은 내가 너의 죽음까지도 사랑하는 까닭이다."

그 문장이 종하의 입술에서 떨어지자마자 종하의 부채에서 너른 지평선이 펼쳐졌다. 강율은 눈을 깜박였다.

'지금, 내가 보고 있는 게 뭐지?'

지평선이 펼쳐지는 것과 동시에 사방으로 크고 강한 힘이 이 안을 가득히 채우는 게 느껴졌다. 종하가 큰 소리로 주문을 외웠다.

"그리하여 늦봄의 시간은 참으로 느리게 흐르니 그것은 마치 아해들의 웃음소리가 긴 이유요 나의 사랑이 긴 이유요 우리의 잠이 긴 이유다!"

치뜬 강율의 눈동자에 반짝거리는 무언가가 비쳤다.

바닥에서 솟구치던 흙무더기도, 천장에서 떨어지던 샹들리에도, 결계를 파고들던 흙더미도 모두 그대로 움직임이 멈췄다. 넓게 펼쳐진 건 종하의 힘, 그리고 그 위를 덮는 건.

"……눈?"

하얀 눈송이가 반짝이며 사방을 덮었다. 그러자 고요함이 내려앉았다.

강율이 사방을 두리번거렸다. 눈이 덮인 홀 안은 그대로 멈춰버린 것처럼 아무것도 움직이지 않았다. 그때,

투둑, 툭.

옆에서 들리는 소리에 고개를 돌린 강율이 소스라치게 놀라며 종하의 어깨를 잡았다.

"김종하!"

하지만 옆으로 쓰러지는 종하를 막을 수는 없었다. 강율의 호박색 치맛자락에 종하의 머리칼이 흐트러졌다.

"이보시오! 갑자기 왜 이러는 것입니까?"

종하가 가쁜 숨을 내뱉으며 겨우 입을 열었다.

"술법을…… 썼으니까. 지금 내 몸에서는 술력이 계속 빠져나가고 있는 셈이야. 강율이라고 했나? 지금부터 정확히 백을 세게. 그때까지 조교님이 오지 못하면……!"

"종하?"

강율이 이름을 불렀지만, 그대로 정신을 잃은 종하는 다시 말을 잇지 못했다. 종하의 얼굴이 창백해졌다.

"산영! 산영! 누구 없소! 누구라도 좋으니!"

쓰러진 종하를 붙잡은 채 강율이 외쳤지만 모든 것이 멈춘 틈 안은 그저 고요하기만 했다. 강율이 종하를 내려다보았다. 종하의 말을 전부 이해할 수는 없었지만, 거대한 힘이 여전히 그에게서 파도처럼 흘러나오고 있는 건 알 수 있었다.

종하는 자신이 쓰러질 것을 알면서도 술법을 사용한 것이다.

"나를…… 지키기 위해서?"

그 생각을 하니 더더욱 그를 이대로 놔둘 수 없었다. 시간은 흘러만 갔다. 누가 이곳에 찾아올 것 같지 않았다. 술력이 빠져나가고 있는 종하의 몸이 점점 흐릿해졌다.

"종하, 김종하!"

종하의 이름을 불러 보았지만 뾰족한 수가 있을 리 없었다. 지금 이 상황이 도대체 뭔지 하나도 이해가 가지 않았다. 그러나 한 가지 확실한 건…….

여기서 이 사람을 죽게 만들 수 없다는 것.

뭐든 해야 했다. 하지만 어떻게? 생각할 시간도 없었다.

"김종하……!"

강율이 제 손을 뻗어 희미해져 가는 종하의 손을 꽉 잡았다. 따뜻한 체온이 손을 타고 느껴졌다.

"일어나! 여기서 그대를 죽게 놔둘 수 없다고!"

어떻게 해야 맞는 건지 알 수 없었다. 강율은 술법에 대해선 아무것도 몰랐으니까. 오로지 종하를 살려야겠다는 마음뿐이었다. 강율은 잡은 손을 자기 쪽으로 강하게 끌어당겼다.

"김종하!"

그때 날카로운 여자의 목소리가 들렸다. 창문을 가로막은 흙더미를 시원하게 날리며 들어온 여자의 눈에 종하의 손을 잡아당기는 강율이 보였다.

"도대체 지금 뭘……!"

여자의 얼굴이 경악에 물들었고 그 순간, 강율은 종하가 이쪽으로 끌려오는 것을 느꼈다. 강율이 온 힘을 짜내 마지막으로 종하를 당겼다. 그러자 종하의 뒤로 펼쳐진 지평선 같은 것이 사라짐과 동시에 종하가 자기 쪽으로 완전히 넘어왔다.

"김종하!"

여자가 달려왔다. 그 뒤로 산영의 모습도 보였다. 그제야 강율은 훤칠한 키에 딱 자른 단발머리가 인상적인 이 여자가 산영이 불러온 조교라는 것을 알아차렸다.

"민한희 조교님이십……."

그러나 강율의 말이 끝나기도 전에 민한희가 외쳤다.

"너! 지금 무슨 짓을 한 거냐!"

날카로운 물음에 강율이 눈만 깜박였다.

"무슨 짓이라니요? 제가 무슨 짓을 했다고 이러십니까!"

"이 애, 술법을 사용했지 않나! 그것도 틈 안의 마수를 대적할 만한 술법을! 그런데 왜 지금은 종하의 술력 흐름이 느껴지지 않지?"

민한희가 사나운 눈으로 강율을 쳐다보았다.

"방금 네가 김종하의 몸에 손을 댄 걸 똑똑히 보았어! 뭘 한 거냐!"

"제가 뭘 했다니요! 그저 이 사람이 쓰러지고 술력이 계속 빠져나간다고 하기에 어떻게든 구해 보려 한 것입니다! 다만 손을 잡고 끌었을 때, 그가 펼친 지평선 같은 것이 사라져서……."

강율의 대답을 들은 민한희의 얼굴이 굳었다.

"뭐라고? 뭐가 사라졌다고?"

옆에 있던 산영이 민한희를 불렀다.

"조교님! 틈 안에 더 있는 건 위험합니다!"

그 말에 민한희가 얼른 정신을 차렸다.

"일단은 여기서 나간 후에 자세한 내막을 듣도록 하지. 너, 김종하를 업고 뒤로 물러나도록! 술법을 전개한다!"

그 말에 산영이 쓰러져 있는 종하를 얼른 업었다. 민한희가 품에서 만년필을 꺼내 지휘봉처럼 휘둘렀다.

"나는 오래된 꿈속을 걷고 있다, 언젠가는 깨어날 꿈속을!"

민한희의 눈동자가 순간 세로로 길어졌다. 이어 민한희가 주문을 외웠다.

"내려라! 얼어붙어라!"

쏴아아!

동시에 허공에서 비가 쏟아져 내렸다. 새하얀 소나기였다. 억수로 쏟아지는 장대비.

빗줄기에 닿은 모든 것이 얼어붙었다. 흙더미들이 꽁꽁 굳어 더 이상 움직이지 못했다.

순식간에 홀 바닥은 빙판이 되었고 샹들리에에는 긴 고드름이 달렸다.

강율은 그 광경을 멍하니 바라보았다. 상상도 하지 못했던 모습이었다.

"이게 진짜 술법……."

왜 그렇게 보통 사람들이 술사들을 무서워하는지 깨달을 수 있었다.

"재는 재로, 먼지는 먼지로."

마지막으로 민한희가 중얼거렸고 얼어붙은 흙더미들이 파삭, 하는 소리와 함께 깨져 사라지고 말았다.

　틈 안을 정리한 민한희가 뒤를 돌아보며 말했다.

　"자, 그럼. 올라가서 이야기를 듣도록 할까?"

제2장

술사의 세계

♂ 6 ♂

짝꿍도 아닌 주제에

틈 밖으로 빠져나오니 사방은 이미 어두워져 있었다. 긴 창문 바깥으로 떠오른 달을 보니 밤도 꽤 깊은 모양이었다. 구불구불 끝없이 이어진 계단 끝에 육중한 나무 문이 보였다. 가온학사의 건물 중에서도 가장 높은 건물의 꼭대기 층. 그 문에는 '가온학사 총괄 교수 설록'이라는 문패가 걸려 있었다.

"들어와."

민한희가 문을 열었다. 연구실 안의 풍경이 눈에 들어왔다.

천장까지 꽉 차 있는 두꺼운 책들, 의자 위까지 쌓여 있는 서류, 알아볼 수 없는 글씨와 수식이 잔뜩 적힌 벽과 어디에 쓰는 건지도 모를 기묘한 물건들까지. 그 모든 게 연구실 안을 가득 채우고 있었다.

"하필이면 교수님께서 학회에 가시고 없는 날을 골라 이런 사고를 내다니."

민한희가 중얼거리면서 솜씨 좋게 한쪽을 치워 자리를 마련했다. 산영이 헉헉거리면서 업고 온 종하를 그 자리에 눕혔다. 민한희가 한쪽 벽을 채운 찬장에서 마른 이파리들이 담긴 병을 꺼내 약초차를 끓였다.

보글보글 차 끓는 소리가 연구실 안을 채웠다. 민한희가 강율과 산영 쪽을 쳐다보았다. 차가운 눈빛에 강율이 저도 모르게 고개를 숙였다.

"어떻게 된 일이지? 김종하가 술법을 쓴 것까지는 알겠어. 주문석으로 결계를 친 거겠지. 위험한 부작용이 생길 수도 있으니 사용하지 말라고 그렇게 경고했건만. 그리고 자네가 종하의 몸에 손을 댔어. 대체 뭘 한 건가?"

민한희의 말에 강율이 눈을 깜박였다. 어쩌면 자신이 뭔가를 잘못한 걸 수도 있었다. 술법에 대해서는 아무것도 모르니까. 강율이 기어 들어가는 목소리로 대답했다.

"……그냥 그대로 두면 안 될 것 같다는 생각에 손을 잡고 끌어당겼습니다."

"허. 그랬더니 아까 자네가 말했던 것처럼 종하가 펼친 지평선 같은 게 사라졌다고?"

"네."

강율의 대답에 민한희가 이마에 손을 가져다 댔다. 강율의 이야기를 들은 산영 역시 얼굴이 굳었다.

산영이 옆에서 강율의 어깨를 붙잡았다.

"정말로? 자네가 저자를 꺼냈다고?"

강율은 혼란스러웠다.

"'꺼내'다니……, 그게 무슨……?"

자신이 한 일은 기껏해야 종하의 손을 잡고 자기 쪽으로 당긴 것뿐이다. 그런데 왜들 이렇게 놀란 표정인지 알 수가 없었다. 강율이 조심스럽게 물었다.

"제가 뭔가 잘못한 겁니까?"

그 말에 민한희가 소리쳤다.

"당연하지! 지금 김종하도, 자네도 모두 황천길에 다녀온 셈인데! 어쩌자고 짝꿍도 맺지 않은 술사를! 게다가 의식도 없을 때 강제로 판에서 꺼내다니. 정말 죽을 뻔했다고!"

강율의 심장이 덜컥 내려앉았다.

"주, 죽을 뻔했다고요······? 저 때문에?"

민한희가 손으로 얼굴을 쓸어내렸다.

"입학시험부터 이런 일이 생기다니. 정말 올해는 어떻게 되려는 참인지 모르겠군."

"이 사람, 깨어날 수는 있는 겁니까? 예?!"

강율의 물음에 민한희가 한숨을 푹 쉬었다.

"억세게 운이 좋은 줄 알아. 다행히 판에서는 빠져나왔으니까. 일어나서 약초차 한 잔 마시면 괜찮아질 거다. 나도 어떻게 된 일인지 모르겠지만, 네가 김종하를 판에서 꺼내 왔다는 건······."

민한희가 강율을 한번 훑어보았다.

"어쩌면 정말 파란이 일어날지도 모르겠어."

"도대체 무슨 말씀입니까?"

"정말 아무것도 모르는 신출내기로군. 어차피 김종하가 일어날 때까지는 기다려야 하니 짧게 설명하도록 하지. 술사가 술법을 사용하려면 먼저 '판'을 열어야 한다. 판은 술사가 술법을 행할 수 있는 범위를 의미해."

민한희의 목소리가 연구실 안을 채웠다.

"정확히 말하면 판이란 술사가 지배할 수 있는 공간이자 술사의 언어와 이해로 재구축한 작은 세계지."

작은 세계.

그 말에 강율은 틈 안에서 종하가 만들어 냈던 지평선과도 같은 것을 떠올렸다. 그렇다면 그것이 김종하의 판이라는 걸까?

"그렇게 판을 열고 술법을 사용한다. 그게 술사의 기본. 하지만 술법을 사용한 뒤, 술사 혼자서는 자신이 연 판에서 나올 수 없다."

이어지는 말에 강율의 눈이 커졌다. 나올 수 없다는 말이 불길했다.

"나올 수 없다는 의미는……?"

민한희가 차가운 목소리로 대답했다.

"판만 열었다면 몰라도 만약 그 판에서 술법을 사용했다면, 술사들은 스스로 판에서 나올 수 없어. 나올 수 없다는 건 가지고 있는 모든 술력을 소진한 뒤 죽는다는 의미다."

"주, 죽는다고요?"

너무 갑작스러운 결론이었다. 술법을 사용하려면 판을 열어야 하는데 혼자서는 연 판을 닫고 나올 수도 없고, 나오지 못하면 결국 죽는다니.

"모두 죽어. 예외는 없다."

"그, 그럼 어떻게 해야 안 죽을 수 있는 겁니까?"

질문에 민한희가 손가락을 들어 올렸다.

"그래서 술사에게는 '짝꿍'이라는 다른 술사가 늘 함께하는 거다. 유일하게 서로의 판을 보고, 간섭할 수 있는 상대. 술법을 사용한 후엔 짝꿍의 도움으로 판을 닫고 거기서 나와야만 안전하게 이 세계로 다시 돌아올 수 있다. 그런데 너는 짝꿍도 아닌 주제에, 열린 판에서 김종하를 꺼내려고 한 거야. 이제 네가 무슨 짓을 한 건지 알겠어?"

이어지는 말에 그제야 강율의 얼굴이 새하얗게 질렸다.

"모, 몰랐습니다……. 정말 몰랐어요!"

"만약 네가 김종하를 판에서 꺼내는 데 실패했다면 너도, 김종하도 살아 나올 수 없었을 거다."

"겁주는 건 그 정도로 하시죠, 조교님."

뒤에서 목소리가 들렸다.

"김종하!"

겨우 자리에서 일어난 종하의 모습은 그리 좋아 보이진 않았다.

"죽은 사람은 없지 않습니까."

"그걸 지금 말이라고 해?"

민한희가 날카로운 어조로 외쳤다.

"죽어 봐야 정신을 차리지! 지금 네가 정신이 있는 거냐, 없는

70

거냐! 교수님도 말씀하지 않았어? 언제까지 내가 네 임시 짝꿍 노릇을 해 줄 수는 없다고."

종하가 고개를 숙였다.

"죄송합니다, 조교님. 하지만 이번에는 정말 어쩔 수 없었습니다. 다음부터는 정말 조교님께 폐를 끼치지 않도록……."

"이번에는 내가 아니라 저 녀석이 널 꺼냈다."

민한희가 딱 잘라 말했다. 민한희가 가리킨 곳을 따라가던 종하의 시선이 마침내 강율에게 닿았다. 종하의 얼굴이 순간 굳었다. 강율은 묘하게 기분이 좋지 않았다. 자신을 보는 종하의 시선에 놀람과 부정, 의혹과 의심이 섞여 있었으니까.

"……너, 대체 뭐야?"

종하가 강율 쪽으로 다가왔다. 그렇게 묻는 종하의 표정은 아주 섬뜩했다. 강율이 눈썹을 찌푸렸다.

"뭐냐니요. 대체 그게 무슨 질문입니까? 내가 말했지 않습니까, 나는 가온학사에 입학시험을 보러……."

불쑥 눈앞으로 다가온 종하의 얼굴에 강율이 흠칫하며 말을 멈췄다.

"뭐 하는 짓입니까?"

옆에 있던 산영이 종하와 강율 사이로 파고들었다. 하지만 종하는 계속해서 뚫어져라 강율을 쳐다보았다.

"이젠 이런 식으로 접근을 하겠다는 건가? 하."

종하가 피식 웃었다.

"도대체 어디서 뭘 하다가 온 건진 모르겠지만, 내 판에 손을 댔다는 이유로 나와 짝꿍을 맺을 수 있다고 생각한다면 큰 오산이라고 말해 두고 싶군. 나는 절대 짝꿍을 맺지 않을 거니까."

"대체 무슨 말을 하는 거요?"

강율이 되물었지만 종하는 거기에 대꾸도 하지 않은 채 다 끓은 약초차를 한입에 털어 넣었다.

"조교님, 그럼 전 이만 가 봐도 되겠지요?"

잔을 소리 나게 내려놓고는 종하가 입꼬리를 억지로 끌어올려 미소를 지어 보였다. 민한희가 뭐라 더 말하기도 전에 종하가 자리에서 일어났다. 강율과 산영에게는 눈길 한 번 주지 않았다.

"하여간 저놈."

문을 닫고 나가 버리는 종하를 보며 민한희가 혀를 찼다. 강율이 조심스럽게 물었다.

"정말 괜찮은 겁니까?"

"괜찮아. 저러다가 정말 죽을 때가 되어야 정신머리를 차리지. 언제까지 피하기만 한다고 해서 되는 것도 아닐 텐데."

도대체 이게 무슨 소리인지 알 수 없었지만 민한희 역시 더 이상 설명해 줄 마음이 없어 보였다. 고개를 젓던 민한희가 자리에서 일어나 종이 뭉치를 가져왔다.

"일단 틈 안에서 가져온 이야기를 듣긴 해야겠지. 너희가 가장 마지막으로 입학시험을 끝낸 응시생이니."

그 말에 강율과 산영이 머쓱한 표정을 지었다. 민한희가 고개를 끄덕이자, 산영이 먼저 입을 열었다.

"제가 들은 이야기는, 시간이 다 되었다는 이야기입니다. 다른 이야기들도 있었지만 정확한 문장으로 들은 말은 그것입니다."

그 이야기를 들은 민한희가 고개를 끄덕였다.

"올해 입학시험에서는 그런 이야기를 들은 사람이 많네. 강율 학생은?"

"아, 저는……."

강율이 침을 꿀꺽 삼켰다.

"제가 틈 안에서 들었던 이야기는……."

입을 열기도 전에 오스스 소름이 돋았다.

홀의 창문 밖으로 비쳤던 여름의 나무, 이계의 힘으로 가득 차 있었던 그 느낌, 그리고 귓가에서 들리던 아주 불길한 목소리.

잠깐 머뭇거리던 강율이 고개를 들어 민한희 조교의 눈을 바로 보았다.

"여기에는 무서운 것이 산다."

순간 민한희의 표정이 바뀌었다. 날카로운 눈동자가 강율을 꿰뚫을 듯 바라보았다. 하지만 강율은 '이야기'를 멈추지 않았다.

"산 사람의 목숨을 빨아먹는 무서운 것이, 여기에. 너희도, 우리처럼."

강율이 입을 닫았고 잠시 가만히 있던 민한희가 강율의 이야기를 종이에 받아 적었다. 펜을 놓은 민한희가 생각하는 듯하더니 고개를 끄덕였다.

"그게 자네가 들은 이야기란 말이지?"

"예."

민한희가 살짝 고개를 기울였다.

"이런 종류의 이야기를 건져 온 건 처음이네."

"그, 그럼 혹시 가온 학사에 입학할 수 없다는 건……?"

강율의 조심스러운 질문에 민한희가 무슨 소리냐는 듯 고개를 내저었다.

"이야기를 건져 오고 무려 김종하의 판에까지 손을 댔는데 당연히 합격이지. 물론 앞으로는 이런 사고를 일으키지 않았으면 좋겠지만 말이야."

그 말을 들은 강율의 얼굴에 순간 화색이 돌았다.

"저, 정말이십니까? 저도 합격이라고요?!"

합격.

그 두 글자가 강율의 머릿속을 가득 채웠다. 고향에서 여기까지 올라온 보람이 있었다. 어머니 아버지에게도 떳떳한 딸이 될 수 있었고. 강율이 연신 고개를 숙였다.

"감사합니다, 감사합니다!"

"정말로 우리 몇 년을 함께 지내겠군. 잘 부탁하네."

산영이 다시 한번 강율에게 손을 내밀었다. 강율도 그런 산영의 손을 꽉 붙잡았다. 민한희가 그런 둘에게 말했다.

"밖에 둘의 기숙사 룸메이트가 기다리고 있을 거야. 나가 봐."

"예, 감사합니다!"

강율이 아까보다 더 큰 목소리로 인사를 하곤 연구실 밖으로 나섰다. 산영 역시 그런 강율의 뒤를 따랐다.

"……아까 그 사람 있잖아."

"누구?"

"이종하인지, 김종하인지."

그 말을 하는 산영의 표정이 심상치 않았다.

"그자와 가까이 지내지 말게. 뭔가 분위기가 좋지 않아. 물론 내 우려에 그쳤으면 좋겠지만."

왜 그러냐고 물어보고 싶었다. 알고 싶은 건 그것만이 아니었다. 도대체 짝꿍을 맺는다는 의미가 뭔지, 김종하가 왜 저렇게 화를 낸 건지 궁금한 게 한두 개가 아니었다. 하지만 강율이 채 묻기도 전에 차가운 목소리가 둘 사이를 갈라놓았다.

"그쪽이 박강율 신입생?"

새하얀 얼굴에 위로 치켜 올라간 눈꼬리가 꼭 여우 같았다. 길게 땋아 내린 새까만 머리칼에는 붉은 댕기가 달려 있었다. 그야말로 서늘한 미인이었다. 강율이 얼떨떨한 목소리로 대답했다.

"예? 네, 맞습니다만……."

"따라와."

이렇다 저렇다 설명도 없이 등을 홱 돌린다. 어리둥절한 표정으로 서 있자 차가운 목소리가 들려왔다.

"앞으로 너와 기숙사를 같이 쓸 룸메이트, 2학년 심미랑이다. 기숙사 안내를 받고 싶지 않은 모양이지?"

"아, 아닙니다! 당연히 가야죠!"

강율이 허둥지둥 산영에게 내일 보자는 인사를 남기곤 심미랑의 뒤를 따랐다. 연구실 문 앞엔 누가 가져다 놓았는지 자신의 짐이 있었다. 강율이 짐을 챙기는 걸 보며 옆에 있는 미랑이 혀를 찼다.

"쯧, 올해 신입생들이란."

어깨에 두른 숄을 한번 끌어올리곤 미랑이 말을 이었다.

"네 덕분에 지금까지 잠도 못 자고 기다렸잖아. 이렇게 늦게 입학시험을 마친 건 너희들이 처음일 거다."

"죄, 죄송합니다."

강율이 짐을 들고 고개를 꾸벅 숙였다. 미랑이 중얼거렸다.

"입학시험부터 사고를 친 것에 모자라, '그' 김종하와 엮이다니. 소문이 쫙 돌겠군."

'그' 김종하.

무슨 뜻인지 궁금했지만 미랑은 이미 계단 저쪽 아래를 내려가고 있었다. 강율은 얼른 그 뒤를 종종거리며 쫓아갔다.

❧ 7 ❧
기숙사

"여기가 기숙사야. 빨리 왔더라면 설명을 좀 더 해 줬을 테지만 이제 곧 소등 시간이거든."

미랑의 말에 강율이 헉헉거리며 겨우 고개를 들어 기숙사 건물을 올려다보았다. 어둠에 반쯤 휩싸인 기숙사는 오히려 유령의 집에 가까워 보였다.

미랑이 작은 쪽문을 열었다. 가파른 계단이 보였다.

"정문도 있긴 하지만 우리 방으로 가는 건 이쪽이 더 가까워."

끼이익.

발을 디디자 나무 계단이 비명을 질렀다. 퀴퀴한 먼지 냄새가 코를 찔렀다. 찬바람이 들어오지 않도록 창문 틈으로 헌 옷을 구겨 넣은 게 보였다. 작은 등불을 든 미랑이 앞장서 걸었다.

"1층에는 휴게실이 있어. 2층부터는 기숙사. 세면실 겸 화장실은 각 층마다 하나씩 있고. 따뜻한 물은 아침에만 잠깐 나오니까 쓰고 싶다면 일찍 일어나는 게 좋을 거야. 물론 그것도 많이 쓰면 안 돼. 다 같이 나눠서 사용해야 하니까. 자, 이쪽으로 와."

마침내 계단을 벗어나 복도로 들어섰다. 복도 창문을 닫던 누군가 미랑을 보곤 인사했다.

"미랑, 안녕! 뭐야, 아직도 신입생이 덜 왔어?"

"마지막 신입생이야. 점호 아직 안 했지?"

"응, 아직. 어머, 마지막 신입생이면…… 민 조교님까지 부를 정도로 사고를 거하게 친?"

벌써 소문이 쫙 난 모양이었다. 어쩐지 첫날부터 단단히 찍혀 버린 기분이었다. 강율은 자신을 힐끔 바라보는 눈길에 어찌할 바를 모르고 눈을 이리저리 굴렸다.

"고생 좀 하겠네, 미랑."

미랑이 어깨를 으쓱였다. 그러곤 복도 가장 끝 방의 문을 열며 말했다.

"들어와, 여기가 우리 방이야. 짐은 침대 옆 사물함에 정리하면 돼. 소등 시간은 밤 11시고 그때까지 점호를 하지 않으면 벌점을 받아. 그리고 벌점이 쌓이면 학사에서 퇴출당하지. 그러니까 퇴출 당하고 싶지 않으면 제대로 행동하는 게 좋을 거야."

딱딱한 설명에 강율이 고개를 끄덕였다.

"마지막 신입생이다. 네 침대는 저기."

미랑이 창가에 있는 침대를 가리켰다. 방 안의 침대는 모두 여섯 개. 막 짐을 정리하고 있던 다른 신입생 셋과 누워 있던 2학년 선배 하나가 강율을 쳐다보았다. 쏟아지는 시선에 강율이 괜히 헛기침을 하면서 안으로 들어갔다.

낡은 사물함은 옷과 소지품을 넣으면 꽉 찰 정도로 작았다. 나무 침대는 딱딱했고 삐거덕거리는 소리도 났다. 슬쩍 보니 2학년 선배들이 쓰는 침대는 좀 더 좋아 보였다. 선배라고 대우를 해 주는 듯싶었다.

짐 가방을 침대 옆에 놓고 나니 문이 다시 벌컥 열렸다.

"점호."

독특할 정도로 낮은 목소리였다. 언뜻 들으면 남자인가 싶을 정도로. 하지만 어둠에 반쯤 잠긴 얼굴은 분명 여자였다. 새하얀 머리칼이 어둠 속에서 빛났다.

자리에서 일어난 미랑이 등을 쭉 펴고 바른 자세로 서서 대답했다.

"6조 방장 심미랑. 정원 여섯, 현재 인원 여섯. 이상 무."

"확인. 마지막 신입생까지 다 들어온 거지?"

"네, 그렇습니다. 학생회장님."

"그래. 신입생들 기강 잘 잡아 놓고."

학생회장이 고개를 끄덕이곤 다음 방을 향해 걸음을 옮겼고 미랑은 문을 닫았다.

강율을 포함한 나머지 신입생들 전부 이 딱딱한 분위기에 짓눌렸다. 미랑이 몸을 돌려 이쪽을 보았다. 여우같은 얼굴엔 아무런 표정도 떠올라 있지 않았다.

"짧게만 말하지. 가온학사에 입학한 지금부터 너희들은 술사다. 그 말은 너희의 모든 행동과 말이 전부 의미를 가지게 된다는 뜻이다. 너희가 생각하는 것보다 술사는 훨씬 더 강력한 힘을 가지고 있어."

미랑이 신입생들을 하나하나 바라보았다. 강율은 민한희가 보여 주었던 술법을 떠올렸다. 확실히 강력한 힘이었다.

"그렇기에 우리의 특별한 힘은 가온의 모두를 위해 사용되어야 하며, 사사로운 일에 사용하지 않도록 한다. 학사 부지 안은 술사 특별법이 제정되어 있어 술법을 사용하는 게 자유롭지만 바깥에서는 판을 벌리는 것만으로도 잡혀 들어갈 수 있다. 이 점을 유의해야 할 것이야. 왜인지 알겠어?"

미랑의 질문에 신입생들이 서로의 얼굴만 쳐다보았다. 미랑이 변함 없는 어투로 말을 이었다.

"만약에 너희가 어떤 멍청한 짓이라도 저지른다면, 그 감당은 너희들만이 아니라 너희 가족의 몫까지 되기 때문이야."

미랑의 눈이 신입생들을 훑었다. 그런 무서운 이야기를 하면서도 미랑은 표정 하나 바뀌지 않았다.

"술사들은 보통 사람들보다 훨씬 더 엄격한 법이 적용되어 연대 책임을 져야 한다. 그러니 무슨 짓을 하기 전에는 아주 잘 생각해야 할 거야."

강율을 비롯한 신입생들의 표정이 굳었다. 신입생들은 모두 미랑의 말을 하나도 놓치지 않으려 귀를 기울였다.

"가온학사의 학사생들은 모두 총통의 직속 관리 대상이며 이는 곧, 우리가 어디서 무엇을 하건 총통의 귀에 들어간다는 이야기다."

"흡."

누군가 놀란 듯 숨을 들이켰다. 강율 역시 마찬가지였다. 강력한 힘을 가지고 있기에 술사들이 감시 대상이 되는 건 알았지만

이 정도로 삼엄할 줄은 상상도 하지 못했다. 강율은 오늘 교내에서 보았던 경시청 경관들을 떠올렸다.

"그러니 어디서든지 입조심, 행동 조심 하기 바란다. 만약 너희가 뭔가를 숨긴다면 철저히 숨기길 바라지. 기숙사 생활을 하다가 궁금한 게 생기면 나나 여기 있는 홍이에게 묻도록."

"네."

신입생들이 작은 목소리로 대답했다. 그런 신입생들을 보며 미랑이 마지막 말을 툭 던졌다.

"어쨌거나 가온학사에 입학한 걸 환영한다. 피곤할 테니 이만 자도록 해."

미랑이 들고 있던 불을 끄자 깜깜한 어둠이 훅 몰려왔다.

강율도 얼른 겉옷을 벗고 침대 안으로 들어갔다. 창문과 가장 가까운 자리였기에 유난히 한기가 잘 들었다. 강율이 침대 위에 있던 모포를 코끝까지 끌어올렸다. 그래도 차가운 기운은 가시지 않았다.

눈이 어둠에 익자 창문 바깥으로 가온의 밤하늘과 별들이 보였다.

고향 미리뫼가 떠올랐다. 좀 더 고향 생각을 하고 싶었지만, 고단한 하루 끝의 잠이 속절없이 쏟아졌다.

♪ 8 ♪

추출자, 실현자, 증폭자

강율은 꿈을 꾸었다.

새하얀 깃발이 끝없이 펄럭이는 그런 꿈을. 그 깃발을 보는 강율은 자신이 울고 있다는 걸 깨달았다. 하염없이 흘러내리는 눈물. 거기가 어디인지, 무슨 상황인지 알 수도 없었지만 강율은 자기가 그곳에서 울 수밖에 없다는 걸 느꼈다.

"……나. 일어나!"

날카로운 목소리에 강율이 퍼뜩 눈을 떴다. 시야 끝에 하얀 깃발 자락이 걸려 있다 사라졌다.

"아침 점호 시간이다."

강율을 깨운 건 다름 아닌 심미랑이었다. 어느새 준비를 다 한 건지 미랑은 깔끔하게 머리를 빗어 넘기고 옷을 챙겨 입은 채였다. 다른 신입생들도 겨우 자리에서 일어나는 소리가 들렸다. 신입생들 모두 잠을 설친 기색이 역력했다.

"빨리 세수하고 와."

사람들에게 이리저리 치여 가며 차가운 물로 세수를 마치고 오자 미랑이 신입생들에게 옷 한 벌씩을 나누어 주었다.

"입어 보고 정 치수가 맞지 않으면 나에게 다시 말하도록. 하지만 이것도 멀쩡한 것들을 겨우 구해 온 거니 몸이 들어가지 않는 게 아니면 그냥 입어. 남은 교복들은 상태가 더 좋지 않으니까."

낡은 옷이었다. 동정과 고름이 달린 흰색 저고리는 그래도 누빔으로 되어 있어 추울 걱정은 없었다. 짙푸른 색 바지는 넓은 통에 발목에서 한 번 묶는 형태라 움직일 때 편할 듯싶었다. 그리고 진한 자줏빛의 긴 두루마기. 미랑이 입고 있는 것과 똑같았다.

"아직 날이 추우니 개인 방한용품 정도는 교복 위에 걸쳐도 좋다."

그 말에 강율은 얼른 짐에서 가져온 목도리와 장갑을 했다. 2학년인 홍이와 미랑이 신입생들의 차림새를 마지막으로 살펴보며 다듬어 주었다. 미랑이 강율 앞에 서서 허릿단 안으로 접혀 들어간 저고리를 빼 주었다.

"나중에 졸업할 때 교복은 다시 반납해야 하니까 되도록 깨끗하게 입도록."

"예."

"그럼 오늘의 간단한 일정을 알려 주겠다. 오늘 오전에는 교내를 둘러보며 간략한 학사 일정 설명을 듣는 시간이 있을 거다. 그리고 오후부터 수업이 시작될 테니 한 명도 빠지지 말도록."

"네, 알겠습니다!"

미랑이 앞장섰다. 다른 방에서도 방장들이 신입생들을 이끌고 밖으로 나오고 있었다.

아침 햇살이 들이치는 기숙사는 밤에 본 것보다 더 허름해 보였다. 거기에 서 있는 신입생들의 표정은 다들 비슷했다. 설레지만 불안한 마음이 새어 나오는 얼굴.

기숙사 뜰로 나가자 차가운 아침 바람이 뺨을 스쳐 지나갔다. 옹기종기 모여 선 신입생들 사이로 누군가 강율의 이름을 불렀다.

"강율!"

저쪽에서 손을 치켜든 채 이쪽으로 팔랑대며 걸어오는 건 다름 아닌 산영이었다. 산영 역시 강율과 똑같은 교복을 입고 있었다. 그걸 보니 정말로 같은 학교를 다니게 된 게 실감이 났다.

"어제 잘 잤어? 남자 기숙사는 너무 춥더라고."

"여자 쪽도 마찬가지야."

"총통의 직속 기관이다 뭐다 하지만 지원이 없는 건 눈에 확실히 보이는군."

산영이 고개를 내저었다. 강율이 모인 신입생들을 휘 둘러보다가 이상한 점을 발견했다. 한쪽에 모인 신입생들이 모두 같은 곳을 바라보고 있었기 때문이었다.

강율도 그쪽을 향해 시선을 옮겼다.

"응?"

거기엔 강율도 산영도 아는 사람이 서 있었다. 바람에 휘날리는 그의 검은 머리칼은 학사생들로 북적이는 교정에서도 단연 눈에 띄었다. 뒤에서 다른 신입생들이 소곤거리는 소리가 들렸다.

"저 선배가…… 그분인 거지?"

"맞아. '그' 김종하. 백 년에 한 번 나올까 말까 한 '증폭자.'"

증폭자.

그 단어가 강율의 귀에 꽂혔다. 이야기가 계속해서 들려왔다.

"저 선배와 짝꿍만 맺을 수 있다면 술사로서 앞길은 훤히 트인 거라면서?"

"그러면 뭐 하나. 어차피 저 선배는 누구와도 짝꿍을 맺지 않을 거라던데."

강율의 귀가 자연스럽게 그쪽으로 향했다. 어제 연구실에서도 종하가 자신은 짝꿍을 맺지 않을 거라는 말을 했던 게 떠올랐다.

"대체 왜? 증폭자잖아."

"이상한 일이긴 하지. 난다 긴다 하는 다른 술사들이 짝꿍을 하자고 그렇게 청을 넣었다던데 다 거절했다더군……."

목소리는 더 작아져 들리지 않았다. 산영도 그들이 하는 이야기를 듣고 있었는지 옆에서 놀란 목소리로 중얼거렸다.

"저치가 '그' 증폭자라고?"

강율이 물었다.

"대체 증폭자라는 게 뭔가?"

"아, 강율 자네는 아직 그게 뭔지 모르겠군."

"뭔가 대단한 건가?"

저쪽에서 신입생들은 모두 줄을 서라는 소리가 들렸다. 이미 종하의 모습은 사라진 지 오래였다. 교내 구경을 시작한 신입생의 줄 맨 뒤에 강율과 산영이 섰다. 천천히 걸으면서 산영이 입을 열었다.

"처음부터 설명하지. 술사는 크게 두 가지로 나뉜다네. 추출자, 그리고 실현자."

그 말에 강율이 고개를 갸웃거렸다.

"술사가 나뉜다고? 나는 술사라고 하면 주문을 외우고 화려하게 술법을 사용하는 그런 사람들이 전부인 줄 알았는데. 뭐가 다른 건가?"

"아, 흔히들 그렇게 아는데 그건 실현자야. 술사들은 짝꿍을 맺는다고 했지? 완벽한 술법을 행하려면 추출자와 실현자가 하나씩 있어야 하거든. 주로 술법의 마지막을 실현자가 장식하기 때문에 보통 사람들 눈에는 실현자밖에 안 보이긴 하지."

산영이 말을 이었다.

"추출자는 판을 열어서 술법을 구성하는 '힘'을 추출할 수 있는 술사를 말하네. 쉽게 말하면 '일회용 틈'을 만들어 내 이계의 술력을 퍼 오는 것이지. 그 힘이 없으면 주문이 아무리 화려해도 술법은 맹탕이거든."

"재료를 준비하는 거군?"

"그렇지. 그리고 추출자가 가져온 힘을 사용해서 자신만의 언어로 '주문'을 만들고 정교한 술법을 일으키는 게 바로 실현자."

"아하, 그래서 그 둘이 짝꿍을 이뤄야 하는 거구나. 아무리 멋진 설계도가 있어도 재료가 없으면 집을 만들 수 없듯이."

"정답. 그렇게 추출자와 실현자는 서로의 판을 공유하고 함께 술법을 행하는 '짝꿍'이 되는 것이라네. 술사의 세계에서 짝꿍을 정하는 건 새로운 가족을 만드는 것과 마찬가지야."

"가족이라……."

그 말에 강율이 미리뇌에 있을 자신의 부모님과 동생들을 떠올렸다. 고난도 행복도 함께 나누는 그런 사이. 자신이 이곳에서 그런 사람을 만날 수 있을지 걱정이 들었다.

"그래서 짝꿍이 없으면 판을 열어도 술법을 사용할 수는 없어. 그야말로 반쪽짜리 술사라고 해야 하나."

반쪽짜리 술사. 그 말에 강율이 저 멀리 있는 종하를 바라보았다.

"만약 짝꿍에게 불의의 사고라도 생긴다면 어떡하지?"

"물론 그런 일이 없어야겠지만 그런 경우엔 술사에서도 은퇴하는 게 대부분이라네. 물론 새로운 짝꿍을 만나기도 하지만 그런 일은 아주 드물어서."

"짝꿍이란 그야말로 서로의 술사 인생을 책임지는 사이로군."

"그렇지."

"그럼…… 증폭자라는 건?"

"증폭자는 술사들 중에서도 숫자가 손에 꼽을 만큼 드물어."

"얼마나?"

"정말로 백 년에 한 번 나올까 말까 한 수준이라네."

"뭐라고! 아까 다른 사람들이 하던 이야기가 과장이 아니라는 말인가?"

놀란 강율의 말에 산영이 고개를 가로저었다.

"전혀."

"대체 증폭자가 뭔데?"

"이름에서 알 수 있듯이 그들은 증폭을 하는 역할을 하지. 추출자가 빼 온 힘을 자신의 몸을 매개로 해 엄청나게 증폭시키는 역할을 하네. 그리고 증폭자가 증폭한 힘으로 실현자가 주문을 만드는 거지. 그렇기에 증폭자가 있는 술사들의 경우 세 명이 모여 짝꿍을 이루어야 하고."

"그게…… 그렇게 대단한 건가?"

맥 빠지는 강율의 물음에 산영이 허, 하는 소리를 냈다.

"예를 들어 보자. 가장 뛰어난 추출자가 추출해 올 수 있는 힘이, 그래, 물 한 잔이라고 한다면. 증폭자가 그 한 잔의 물을 증폭한 양은……."

산영이 자신의 앞을 가리켰다.

교내를 둘러보던 신입생들의 무리는 이제 커다란 호수 앞에 서 있었다. 너른 호수가 강율의 눈에 들어왔다.

"가온 왕조가 별궁으로 사용하던 시기 만들어진 인공 호수로 평균 깊이는 성인 남성 한 명은 충분히 들어갈 정도입니다. 본디 화마를 막기 위해 만들었으며……."

귓가에 앞에 선 2학년 선배의 설명이 들렸다. 강율이 눈을 깜박였다.

"그, 그러니까, 물 한 잔이 저 정도가 된다고? 호수만큼?"

"그래."

고개를 끄덕이는 산영을 보며 강율이 다시 한번 호수를 바라보았다. 산영이 말을 이었다.

"얼마나 큰 차이인지 알겠지? 그렇게 넘치는 '힘'을 사용할 수만 있다면야 세상에 못 이룰 술법은 없을 걸세. 그러니 다른 술사들 모두 그렇게 기를 쓰고 증폭자를 짝꿍으로 만들고 싶어 하는 거야. 증폭자야말로 모든 술사의 꿈을 이뤄 줄 수 있는 사람이니까."

강율이 김종하의 깊은 눈을 떠올렸다.

그는 생각보다 더 높은 곳에 있었다. 손도 닿지 않을 만큼.

'그런데 왜 짝꿍을 만들지 않겠다고 하는 걸까?'

잠깐 입을 다물고 있던 산영이 천천히 물었다.

"……자네는 어떤가?"

"뭐가 어떻다는 말이지?"

"자네도 저런 증폭자를 짝꿍으로 맞이하고 싶지 않냐는 말일세."

산영의 물음에 강율이 눈을 깜박였다.

"아직 나는 내가 술사라는 자각도 없는걸. 어떤 사람과 짝꿍을 하게 될지 그런 건 상상도 해 보지 않았어. 그런 건 왜 묻는 건가?"

"자네는 저자의 짝꿍이 될 자질이 있으니까."

갑작스러운 말이었다.

"그게 무슨 소리야? 내가? 증폭자라는 저 사람과?"

"물론 자네는 아직 술법에 대해서 제대로 배우지 않았으니 잘 모르겠지만⋯⋯. 다른 사람의 판을 본다는 것은 그런 의미일세. 본디 짝꿍들도 맞춰 가면서 시간을 보내야 겨우 볼 수 있는 게 서로의 판인데 자네는 단 한 번에 그자의 판을 보고, 심지어 거기서 꺼내 주질 않았나."

"자, 잠깐. 그 이야기는?"

"그래. 그래서 그자가 자네에게 짝꿍을 할 생각이 없다고 그렇게 화를 내며 말했던 거겠지. 갑자기 나타난 초짜 술사와 짝꿍을 맺고 싶진 않을 테니까. 자네도 아까 듣지 않았나? 그동안 날고 긴다는 최고의 술사들이 그자와 짝꿍을 맺으려고 했다는 이야기

말이야."

산영이 어깨를 으쓱였다.

"물론 그자와 짝꿍 같은 건 하지 않는 게 좋을지도 몰라."

"왜?"

"술사라면 누구나 탐낼 증폭자가 아직까지 짝꿍을 정하지 않았다는 건 뭔가 문제가 있다는 증거가 아니겠나? 짝꿍을 정하는 건 술사 인생에서 가장 중요한 일이지. 깊이 생각하고 결정하는 게 좋을 걸세."

그 말에 강율은 종하를 떠올렸다.

너른 지평선, 그 안에서 느껴지던 그의 술력.

그때 종하를 판에서 꺼냈던 것은, 어쩌면 극한의 상황에서 일어난 단 한 번의 기적이었는지도 모른다. 만약 그자와 짝꿍이 된다면 평생을 함께하며 그 술력을 감당해야 할 터인데 그걸 자신이 해낼 수 있을지, 강율은 장담할 수 없었다.

♪ 9 ♪

언어와 주문

대략적인 교내 설명만 들었는데도 진이 다 빠졌다.

어제 보았던 본관과 서관 그리고 동관만이 전부가 아니었다. 기숙사와 동아리방이 있는 학생회관, 강당과 운동장, 야외 실습장과 그 뒤로 이어진 숲까지. 전부 둘러보고 오니 벌써 점심시간이었다. 학생 식당에서 점심까지 챙겨 먹고 나니 서관의 꼭대기 층에서 수업 예비종이 울렸다.

뎅.

가온학사에서의 첫 번째 수업이었다. 서관까지 신입생들을 인솔해 준 2학년 선배가 들어가 보라는 듯 고개를 끄덕였다. 강의실의 문이 열렸다. 그러자 한쪽 벽을 차지한 널따란 칠판, 책상과 의자로 가득 찬 강의실 풍경이 보였다.

"와!"

이런 광경은 또 처음인 강율이 눈을 반짝였다. 미리뫼에서는 학교는커녕 모여서 공부할 수 있는 곳도 많이 없었다.

다른 신입생들도 전부 기대감 넘치는 얼굴이었다. 그도 그럴 것이 가온학사에서 처음으로 듣는 수업인 데다가 무려 설록 교수의 강의였으니까. 곧 수업종이 울리고, 웅성거리던 신입생들도 다들 자리를 찾아갔다. 강율과 산영도 얼른 자리를 찾아 앉았다.

조용해진 강의실 문을 열고 설록 교수가 들어왔다. 그 뒤를 따라 민한희 조교가 종이 뭉치를 들고 왔다.

"와⋯⋯."

술법이니 술사니 하는 건 하나도 모르는 강율이 느끼기에도 설 교수는 평범한 사람이 아니었다. 온몸에서 뿜어져 나오는 기백.

검은 코트 자락을 날리며 연단을 향해 휘적휘적 발걸음을 옮기는 설 교수의 모습은 흡사 저승사자처럼 보였다. 그의 옆얼굴엔 피곤함이 묻어나 있었다. 검은 머리칼은 자다가 막 일어났는지 이리저리 뻗쳐 있었지만 그것마저도 학구적인 느낌을 더해 주었다.

가온학사 총괄 교수, 설록.

이 나라에서 가장 강력한 술사 중 하나이자 '언어의 대가'라고도 불리는 사람.

총통의 힘이 사방에 미치고 있었지만 아직 겉으로나마 가온학사가 자율을 보장받을 수 있었던 데에는 '그' 설 교수가 총괄 교수라는 이유도 있었다. 가장 강력한 술사가 총괄 교수의 자리에 앉아 있는 한, 아무리 총통이라도 명분 없이 학사 안의 일에 간섭할 수는 없었다.

"반갑네, 신입 학사생 여러분."

설 교수의 눈꺼풀이 슥 들리며 우물처럼 깊은 그의 눈동자가 드러났다. 아무렇게나 흐트러져 있는 긴 검은 머리칼은 까마귀의 날개 같았다. 차가운 얼굴에 매부리코. 호락호락한 느낌이 아니었다.

"반갑습니다, 교수님!"

신입생들의 목소리가 강의실 안을 쩌렁쩌렁 울렸다.

첫 학기, 첫 수업이었다. 아직 날씨가 추운 탓에 학사생들의 입에선 입김이 그대로 뿜어져 나왔다. 민한희가 가장 앞줄에 앉은 사람들에게 종이 뭉치를 건넸고 종이는 한 장씩 뒤로 착착 넘어갔다. 설 교수가 천천히 입을 열었다.

"지금 받은 건 이번 학기 '언어와 주문' 강의 계획서라네. 물론 그대로 진행되지 않을 확률이 더 높지만 일단은 이해를 위해 읽어 보는 걸 추천하지. 다들 신입생이니 기본적인 강의 소개부터 하겠네."

설 교수가 검은 칠판에 백묵으로 강의명을 적었다.

"이 수업은 신입생을 대상으로 하며, 말 그대로 술사의 기본 소양인 언어를 배우고 이를 바탕으로 주문을 만들 수 있도록 도와주는 수업이네. 특히 실현자를 희망한다면 더 열심히 듣는 게 좋을 거야."

설 교수의 눈이 강의실 안에 모인 신입생들을 한번 훑었다.

"강의 전반부에는 언어에 관한 이론들을 배우고, 후반부에는 시론 수업과 함께 직접 주문을 만드는 실습을 할 거야. 필독 도서는 도서관에 비치되어 있으니 찾아서 미리 읽으면 좋고."

강율이 빈 종이에 설 교수의 말을 받아 적었다. 누군가 손을 들었다. 설 교수가 말해 보라는 듯 고개를 끄덕였다.

"주문을 만든다는 건 알겠습니다. 주문은 술사에게 가장 중요한 거니까요. 언어에 대해서는 대체 왜 배우나요? 저희는 시인이나 기자가 아닌데요."

그 질문에 몇몇 학사생들이 고개를 끄덕였다. 다들 비슷한 지점이 궁금했던 모양이다. 설 교수가 집게손가락을 들어 올렸다.

"좋은 질문일세. 술사라면 누구나 자신만의 주문을 만든다는 건 다들 알고 있겠지?"

"네, 알고 있습니다."

"가끔 실현자들을 제외한 나머지 술사들에게는 주문이 중요하지 않다고 생각하는 경우가 많은데 그건 틀린 생각일세. 실현자에 비해 극히 짧고 간단하지만 추출자와 증폭자에게도 주문은 아주 중요하거든. 판을 열고 술법을 완성시키려면 주문이 꼭 있어야 하니까."

설 교수가 칠판에 '주문'이라고 적었다.

"그리고 그 주문은 술사에 따라 천차만별일세. 또 그 천차만별인 주문을 통해 각자의 술법이 완성되고. 그렇다면 이렇게 중요한 주문의 기본은 무엇이라 보는가?"

설 교수가 학생들을 둘러보았다. 다들 대답을 하지 못했다.

"바로 언어라네. 주문은 오로지 언어를 통해 만들어지거든. 언어는 인간이 생각하고 느끼는 것을 표현하는 가장 효과적인 수단이지. 술사들은 이 언어를 통해 판을 열고, 다시 주문을 통해 그 판 안에서 자신의 세상을 재구성하지. 이렇게 술사의 언어를 통해 세상을 재구성하는 행위가 바로 술법일세."

판을 열고 그 안에서 자신만의 언어로 세상을 재구성한다.

그 세상에서는 현실에서 일어날 수 없는 새로운 것들로 가득 채울 수 있었다. 모두 술사가 만들어 낸 주문을 통해서 가능했다.

다른 학사생이 고개를 갸웃거리며 물었다.

"죄송하지만 교수님. 제가 다른 곳에서 주문을 배웠을 때는 이렇게 언어에 대해서 배우는 것이 아니라, 그냥 기존의 주문들을 달달 외웠는데요. 이렇게 외우는 것으로는 안 됩니까?"

이어진 질문에 설 교수가 고개를 끄덕였다.

"물론 여기 앉아 있는 여러분 중에선 질문자처럼 오래된 동요나 시로 이루어진 주문들을 많이 외운 사람들도 있을 거다. 물론 그런 방법도 있고 또 어느 정도 효과가 있기도 해. 무엇보다 편하다는 게 장점이지."

설 교수가 칠판에 널리 알려진 주문 몇 개를 빠르게 적어 내려갔다.

몇몇은 그 주문을 아는지 조용히 읽어 내려갔다.

"언어는 이해를 바탕으로 하지. 이해를 하기 위해선 어떤 말을 했을 때 그걸 말하는 사람과 듣는 사람이 최소한 비슷한 걸 떠올릴 수 있어야 하네. 예를 들어……."

모두가 설 교수의 말에 집중했다.

"예를 들어 내가 '빨간색'이라고 말하고 여러분의 마음속에 떠오르는 색깔을 칠해 보라고 했을 때 비슷한 색깔이 나오는 것처럼 말일세. 그렇기에 남들이 만들어놓은 유명한 주문이나 혹은 오래된 시를 외워서 사용하는 것도 어느 정도 비슷한 주문의 효과를 낼 수는 있다네."

설 교수가 지우개를 집어 들고는 칠판에 써 놨던 주문들을 슥슥 지웠다.

"하지만 이런 방법은 곧 한계에 부딪히지. 예를 들어, 아까 내가 '빨간색'이라고 말했을 때 여러분 각각 생각하는 빨간색을 모아 보면 똑같을까?"

다들 고개를 내저었다.

"그래. 답은 '아니'다. 비슷한 결을 가지고 있을진 몰라도 그 색은 전부 다르지. 빨간색이라는 하나의 개념이 있긴 하지만 그건 말 그대로 이상적인 정의일 뿐, 각각의 마음속에 떠오르는 빨간색은 다르다. 누군가에게 빨강은 타오르는 불길의 색일 수도 있고 혹은 피어나는 장미의 꽃잎 색일 수도, 또 다른 이에게는 체했을 때 할머니가 따 주었던 손가락 끝의 핏방울 색일 수도 있으니 말이야."

설 교수의 설명에 '아아' 하는 소리가 흘러나왔다. 고작 빨간색을 떠올리는 것만 해도 이렇게 차이가 있는데 그게 주문과 술법이 되면 얼마나 크게 차이가 날지는 보지 않아도 당연했다.

"술사에게 주문도 마찬가지다. 아무리 똑같은 주문을 외우고 따라 한다고 해도 그 주문을 외우는 술사가 누구냐에 따라 언어에 대한 이해와 경험이 천차만별이기 때문에 똑같은 술법이 나올 수는 없지. ……자, 들어오게."

설 교수의 말에 앞문을 열고 누군가 들어왔다. 익숙한 얼굴이었다. 강율이 어, 하는 소리를 냈다. 옆에서 산영이 물었다.

"아는 사람?"

"아, 응. 기숙사 우리 방의 방장 선배님이신데, 무슨 일이지?"

안으로 들어오는 심미랑의 뒤를 따라 다른 사람도 들어왔다. 여우 같은 미랑과는 정반대로 생긴 사람이었다. 짧게 자른 머리칼은 마음대로 뻗쳐 있었고 주근깨가 가득한 뺨은 척 봐도 장난기 어린 미소가 가득했다.

"그럼 수고해 주게."

설 교수의 말에 심미랑과 다른 선배가 앞으로 나왔다. 설 교수가 말했다.

"신입생 여러분의 이해를 돕고자 두 명의 술사를 불렀다. 2학년 심미랑 그리고 3학년 구안태."

미랑과 안태가 앞으로 나와 인사했다.

"보다시피 둘은 짝꿍이다. 미랑이 실현자, 그리고 안태가 추출자이지. 여러분은 오늘 술사가 판을 열고 술법을 완성하는 것을 눈앞에서 보게 될 것이다. 이건 여러분이 앞으로 해야 할 일이기도 하네."

안태가 신입생들을 보곤 개구진 미소를 지었다.

"잘 부탁합니다, 신입생 여러분."

활달한 목소리였다. 미랑은 그 성격대로 그냥 고개만 살짝 끄덕일 뿐이었다. 설 교수가 옆에서 설명을 덧붙였다.

"술법을 사용하는 순서는 이렇다. 먼저 '여는 소리.' 판을 여는 첫 주문이지. 술법을 사용할 때 처음 내지르는 소리이기 때문에 이걸로 유명해진 술사들도 있지. 가끔 이상한 걸 여는 소리로 쓰는 술사들도 있거든."

여는 소리.

그 말에 강율은 틈 안에서 들었던 종하의 주문을 떠올렸다. 동시에 종하의 목소리와 높낮이, 억양까지도 전부 다 생각났다. 펼쳐졌던 너른 지평선 같은 판까지.

……그것은 내가 너의 죽음까지도 사랑하는 까닭이다.

'그게 김종하의 여는 소리였구나.'

어쩌다가 그런 문장을 여는 소리로 삼게 되었는지 궁금했다. 나중에 만나면 물어볼 수 있을까?

"그렇게 여는 소리로 판을 열면 추출자가 힘을 추출하고 거의 동시에 실현자가 주문을 외운다. 그럼 술법이 완성되는 거지. 자, 그럼 보여 주도록."

설 교수의 설명에 추출자인 안태가 먼저 앞으로 나섰다.

"그럼, 시작하겠습니다."

시작한다는 말과 함께 웃고 있던 안태의 얼굴이 확 달라졌다. 집중하는 표정에 덩달아 신입생들도 숨을 죽였다. 안태가 품에서 장갑을 꺼내 손에 꼈다. 흰색 장갑을 낀 안태가 조용히 외쳤다.

"나의 세상, 나의 별이여!"

그러고는 바로 자신의 곁에 있는 미랑을 쳐다보았다.

아주 잠깐이었지만 강율은 그 눈빛을 똑똑히 읽어 냈다. 세상에서 가장 소중한 별을 바라보는 듯한 안태의 눈빛을.

언제나 얼음장 같던 미랑의 얼굴도 그때만큼은 봄이 찾아온 것만 같았다. 둘이 서로를 보고 싱긋 웃었다.

'저게…… 짝꿍이라는 건가?'

심미랑이 저렇게 웃을 수 있을 거라곤 생각하지 못했다. 더 궁금해졌다. 저렇게 둘이 짝꿍을 맺게 된 과정이. 그리고 짝꿍이란 도대체 어떤 존재인 건지도.

"그대의 이름은 태양!"

여는 소리와 함께 미랑이 주머니에서 장미 꽃가지를 들어 올렸다. 눈에 보이진 않았지만, 두 사람의 판이 지금 열려 있을 터였다.

"……내려라!"

짧은 주문이었다.

펑!

모두의 시선이 위로 향했다.

"와!"

감탄하는 소리가 신입생들 사이에서 흘러나왔다.

"예쁘다!"

내려오는 건 색색의 꽃가루였다. 축제 날 같았다. 신입생들이 자리에서 일어나서 내리는 꽃비를 입을 벌린 채 바라보았다. 그걸 본 설 교수가 고개를 끄덕였다.

"역시 이런 주문이 제일 효과가 좋다니까. 둘 다 수고했네."

심미랑과 구안태가 미소를 지었다.

꽃비를 본 신입생들의 얼굴은 흥분에 휩싸여 있었다. 말 한마디로 이렇게 멋진 것들을 만들어 낼 수 있다니. 강율의 마음도 두근거렸다.

"자, 그럼 이번에는 같은 주문으로……."

설 교수의 말에 이번에는 민한희 조교가 앞으로 나왔다.

"나는 오래된 꿈속을 걷고 있다, 언젠가는 깨어날 꿈속을! 내려라!"

꽃가루가 다 떨어지기도 전에 민한희가 여는 소리를 속삭인 뒤, 이어 주문을 외쳤다. 분명 주문은 미랑도 민한희도 둘 다 '내려라!'로 같았다. 하지만 이번에는,

"으악!"

누군가 비명을 질렀다. 산영이 얼른 강율을 끌어당겼다. 얼떨결에 끌려간 산영의 품속에서 강율은 쏟아져 내리는 불꽃을 보았다.

"괜찮습니다, 신입생 여러분. 이 불꽃은 제가 정한 목표물을 향해서만 타오르니까요."

민한희가 놀라는 신입생들을 안심시켰다.

폭죽놀이처럼 쏟아진 불꽃은 휘날리는 꽃가루에만 붙어 재로 만들어 버렸다. 바닥에 쌓인 꽃가루들도 금세 타올랐다.

"와아……!"

모두가 환호성을 질렀다.

"불어라."

마지막으로 민한희가 그렇게 말하자 바람이 재를 한순간에 날려 보냈다. 덕분에 강의실 안이 다시 깨끗해졌다. 민한희가 어깨를 으쓱였다.

"그리고 청소는 항상 제 담당이죠."

설 교수가 앞으로 나왔다.

"자, 이렇게 같은 주문이라도 술법은 아주 다를 수 있다네. 여기서 누군가 이 주문을 똑같이 따라 한대도 언어에 대한 경험과 이해의 차이가 있기에 그 결과가 다를 수 있다는 거지. 알겠나?"

"네, 잘 알겠습니다!"

이해의 차이. 그 말뜻이 확실하게 닿았다.

"뭐, 하나만 봐도 열을 아는 사람은 그 이해의 폭을 단기간에 늘릴 수도 있겠지. 하지만 보통 사람들에게 그게 쉬운 일은 아니니, 이런 수업을 진행하는 걸세."

설 교수가 알겠냐는 듯 학생들을 둘러보았다.

"그래서 술사에게 중요한 게 바로 자신만의 언어와 주문이라는 거지. 판이 힘을 빌려와 현실 세계에 깔아 놓는 장소라면, 주문은 우리의 술법을 현실화시킬 수 있는 유일한 수단이니까. 또한 그렇지 않은 술사도 있겠지만, 술사들은 대부분 판의 범위가 한정되어 있어. 한정된 판 안에서 최대의 효과를 내는 술법을 만들어 낼 수 있는 건 마지막 실현자의 주문에 달렸지. 그러니 언어와 주문이 얼마나 중요한지 이제 알겠나?"

"예!"

우렁찬 대답이 돌아왔다.

"그럭저럭 쓸 만한 주문을 만들려면 몇 주에서 몇 달이 걸리기도 해. 그러니 평소에 늘 생각을 해 둬야 할 걸세. 이 수업에서 가장 배점이 큰 실습 항목도 주문의 실현율에 달려 있으니까."

설 교수는 학생들을 죽 훑어보고는 다시 입을 열었다.

"자, 그럼 첫 수업이니 오늘은 이 정도로 해 두고, 다음부터 본격적인 진도를 나가겠네. 그럼 다음 시간에 보도록 하지."

"네! 감사합니다!"

아까보다 더 큰 대답이었다. 설 교수와 민한희가 먼저 강의실을 나갔고 뒤이어 학생들도 와글거리며 자리에서 일어났다.

"우리도 가세나, 강율."

산영이 강율에게 말했다. 일어나던 강율의 눈에 강의실 바깥에 서 있는 이들의 모습이 보였다.

"저건⋯⋯."

강율이 보는 쪽을 쳐다보고는 산영이 혀를 찼다. 입학시험 날 보았던 경시청 순사들이었다. 딱히 모습을 숨기려고 하지도 않은 채 대놓고 신입생들을 쳐다보는 순사들의 눈은 날카로웠다.

"수업 첫날이니 감시를 하러 온 모양이군. 알림판에 공문이 붙어 있었어. 요 며칠간은 순사들이 가온학사를 관찰한다고. 공문 없이 교정에 들어오는 건 불법이니까."

산영의 말에 강율도 고개를 끄덕였다.

"그랬군. 전에는 몰랐는데 오늘 수업을 들어 보니 나도 확실히 알겠어. 총통이 왜 저렇게 경시청까지 동원해서 술사들을 감시하려고 하는지."

지금 이 안에 있는 술사 하나하나가 가공할 만한 힘을 가지고 있었다. 총통은 그런 술사의 힘을 자신의 뜻대로 사용하고 싶어 했고 동시에 그들을 다루지 못할까 봐 두려워하는 거였다.

"말 잘 듣는 개……."

총통에게 필요한 건 그거였다. 이를 알면서도 술사들은 총통이 만들어 놓은 체계 안에 자발적으로 들어올 수밖에 없었다.

산영이 입을 열었다.

"술사들을 제 뜻대로 이용하기 위해 총통이 머리를 쓴 거지. 그동안은 술사들이 아무리 힘이 있다 해도 다른 이들의 눈총을 받았지 않나. 그럴 바에는 총통의 감시를 받는다 해도 지금처럼 사는 게 낫지. 총통은 그 점을 이용해서 술사들을 전부 제 아래로 모이게 할 수 있었던 거야."

강율은 문득 궁금했다. 총통이 이렇게 술사를 모으고 가르쳐서 무엇을 하고 싶은 건지.

제3장

가온 연구회

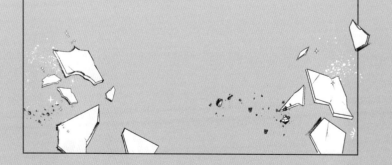

♪ 10 ♪

짝꿍을 구하려면 그 정도는 해야지

"어서 오세요! 가온학사 최고의 연극 동아리!"

"요리부는 어떠십니까?"

갑작스러운 소란에 강율이 눈을 동그랗게 떴다. 가온학사에 들어온 지도 일주일, 그런데 이렇게 교내가 소란스러운 건 처음이었다. 형형색색의 옷을 입은 선배들이 신입생들을 향해 손을 흔들었다.

"이게 다 뭐지?"

강율의 물음에 산영이 아, 하며 펄럭이는 깃발을 가리켰다. 거기엔 '가온학사 동아리 소개회'라고 쓰여 있었다.

"동아리라. 재밌을지도 모르겠군. 구경이나 한번 해 볼 텐가?"

산영의 제안에 강율도 고개를 끄덕였다.

"좋지."

연극용 의상을 입고 돌아다니는 사람, 지글지글 구워지는 파전 냄새로 신입생을 유혹하는 요리 동아리, 그 옆에선 심각한 표정으로 장기를 두는 장기 동아리가 있었고, 여행 이야기를 솜씨 좋게 풀어내는 여행 동아리도 보였다. 시끄러운 동아리들 사이로 강율의 눈에 익숙한 두 사람이 들어왔다.

"아, 글쎄 이럴 때 사람들을 끌어모아야 한다니까. 미랑, 신입생들은 금방 사라져. 마치 참새 새끼들처럼!"

"그런 식으로 사람들을 끌어모으는 건 좋지 않은 전략이라고 내가 몇 번이나 이야기를 했습니까. 우린 굳은 신념과 뜻이 있는 사람이 필요한 거지 시정잡배나 떨거지가 필요한 게 아닙니다."

딱딱한 목소리로 대답한 건 다름 아닌 심미랑이었다. 그 앞에 있는 건 구안태였고.

"하지만 이번에 신입생을 모집하지 못하면 우리 연구부도 해체되는 걸 잘 알잖아!"

그렇게 외치던 안태의 시선이 그쪽으로 걸어가던 둘을 향했다.

"어?"

"지금 나랑 눈 마주쳤지! 아니, 뒤로 가지 마!"

안태가 눈을 희번득거리며 강율의 손을 덥석 잡았다.

"나 알지?"

"그……."

강율이 옆에 있는 미랑을 바라보았다. 미랑이 한숨을 쉬며 안태를 진정시켰다.

"언니, 진정하세요."

"수업 시간에 봤잖아, 우리."

"그, 그렇긴 합니다만."

"그럼 일단 자리에 앉아 봐. 미랑이랑도 아는 사이 같은데."

넉살 좋은 안태의 말에 어느새 강율과 산영은 이름도 없는 동아리 천막의 좌석에 앉게 되었다.

"이렇게 만나게 된 거 정식으로 소개나 하도록 하지. 가온 연구회 회장을 맡고 있는 구안태라고 하네."

뒤에 있던 미랑이 고개를 까닥이며 말했다.

"내 소개는 필요 없겠지?"

"예. 저는 박강율 그리고 이쪽은 이산영이라고 합니다."

산영도 둘에게 인사를 했다.

"그래서 여기는 뭐 하는 곳입니까? 다른 동아리처럼 뭘 내세우는 것도 아니고."

산영의 말에 안태가 손을 휘저으며 답했다.

"어허. 이래 봬도 우리 가온 연구회는 가온학사가 만들어지면서
부터 생긴 유서 깊은 동아리라고!"

"무엇을 연구하길래요?"

강율의 물음에 안태가 흠, 하는 얼굴로 강율과 산영을 뜯어보
았다.

"우리는 다른 사람들을 가르친다네."

"다른 사람들을요?"

"응. 형편이 어려워서, 혹은 가문의 반대로, 그 밖의 여러 가지
이유로 학업을 이어 가지 못하는 사람들이 아주 많아. 우리는 다
행히 술사라는 이유로 학비를 들이지 않고 고등 학문을 배울 수
있지만 그렇지 못한 사람들도 많잖아. 우리는 그런 사람들을 위해
야학을 운영하고 있지."

"아."

안태가 어깨를 으쓱였다.

"그렇기 때문에 이렇게 입부생이 없는 것이기도 하고. 아무래도
다른 동아리들보다는 재미가 없을 것 같으니 말일세."

뒤에 서 있던 미랑이 고개를 내저었다.

"하지만 가온 연구회는 꼭 있어야 해. 다른 학교의 연구부들도 점차 없어지는 추세인데 우리마저 없어진다면 야학의 학생들은 배움의 기회를 영영 잃을 수도 있어."

그렇게 말하는 미랑의 표정은 평소의 차가운 얼굴이 아니었다. 빛나는 눈동자, 열띤 목소리.

강율은 그 미랑을 이렇게 만든 가온 연구회가 궁금해졌다. 그리고 또 다른 이유가 있다면.

'우리는 우리가 배운 것들을 남들과 나누어야 한다. 알겠느냐, 강율아?'

아버지께서 늘 하셨던 말씀이 떠올랐다. 미리뫼에서 그래도 지식인에 속하는 강율의 아버지는 동네의 어린이들을 데려다가 기본적인 글자와 학문을 가르치곤 했다. 혼자 머릿속에 담아만 두어서 무엇을 하겠느냐는 것이 아버지의 입버릇이었다.

다른 사람들도 모두 함께 성장해야 더 좋은 세상을 만들 수 있다던 아버지의 말씀을 강율 역시 똑똑히 기억하고 있었다. 혼자서만 잘나서도 되지 않는 세상이었다.

"또 무엇을 합니까. 연구회에서는?"

"야학에서 사용할 교재를 만들지. 여러 야학과 연계해서 학회를 열기도 하고. 또……."

"하고 싶습니다."

단박에 나온 강율의 대답에 오히려 놀란 건 안태와 미랑 쪽이었다. 안태가 머리를 긁적이더니 말했다.

"우리는 다른 동아리처럼 엄청 재밌지는 않은데, 은근히 해야 할 일도 많고⋯⋯."

"아니, 언니 무슨 소리를 하는 겁니까? 애들을 끌어들이지는 못할망정? 그렇게 말하면 무서워하잖아요."

"아, 맞다. 그렇지. 할 일이 많은 건 맞지만 그래도 늘 연구만 하는 건 아니야. 동아리답게 모여서 놀기도 하고 다른 학교랑 만남도 진행하고."

"하겠습니다."

강율이 다시 한번 말했다.

"어휴, 그렇게까지 말한다면 더 이상 거절할 수도 없지. 여기, 입부 신청서. 그⋯⋯ 옆에 있는 자네는 어떤가?"

강율이 입부 신청서를 받아 드는 걸 보면서 산영이 당연하지 않느냐는 듯 고개를 끄덕였다.

"강율이 들어간다면야 그곳이 제가 들어갈 곳이죠. 주십시오, 입부 신청서."

둘은 고개를 박고 열심히 종이의 빈칸을 채워 내려갔다. 안태가 그런 둘을 보고는 함박웃음을 지었다.

"무슨 일이야. 정말 올해는 폐부가 되는 줄 알았는데 이렇게 두 명이나 신입 부원이 들어왔으니 폐부 이야기는 쏙 들어가겠지?"

"그건 다행이로군요. 동아리 연합 회장에게 눈총을 받는 일도 없을 테니까요."

"다행이고말고! 아, 그럼 오늘 동아리방에서 축하 모임이라도 가질까? 어때?"

그 말에 산영이 고개를 들었다.

"축하 모임이요? 그럼 뭐, 맛있는 것도 있나요?"

그 물음에 안태가 씨익 웃었다.

"와아……"

동아리방에 들어서자마자 그 소리가 흘러나왔다. 하지만 그건 환호성이 아닌 탄식에 가까웠다. 천장에서부터 습기를 머금고 자라난 기묘한 식물들과 사방팔방에 펼쳐져 있는 곰팡이들까지. 좋은 말로 한다면 자연 친화적이었고 대놓고 말하자면,

"엄청 더럽네요, 여기."

동아리방으로 오는 길부터 낌새가 좋지는 않았다. 그렇지 않아도 오래된 학생회관 건물의 안쪽 구석, 다른 동아리에서 내놓은

가구와 비품들로 가득한 좁은 복도를 한참 들어왔다. 정말 여기로 가면 동아리방이 나오는 게 맞는지 궁금해질 때쯤 도착한 게 이곳이었다.

'가온 연구회'

부서지기 일보 직전인 나무 명패가 문 위에 달려 있었다.

"일단 들어와. 죽지는 않으니까."

안태가 발로 대충 물건들을 밀어 자리를 마련했다. 산영이 소곤거렸다.

"우리 지금 동아리 입부 신청서가 아니라 노예 계약서에 이름을 적은 건 아닐까? 나 조금 무서운데."

"설마…… 선배들이 우릴 잡아먹기야 하겠나."

하지만 강율 역시 조금 섣부른 선택을 했나 싶어 불안해졌다. 안태가 미랑에게 말했다.

"미랑, 오늘 신입생들에게 손맛을 보여 줘야 할 때가 온 듯하군."

손맛이라는 소리에 강율과 산영이 눈알을 굴렸다. 가르친다는 게 공부가 아니라 권투였나, 하는 실없는 상상을 하는 잠깐 동안 곧 미랑의 '손맛'이라는 게 나왔다.

"와!"

이번에는 탄식이 아니라 진짜 환호성이었다. 작은 개다리소반에 이가 빠진 접시긴 했지만 그 위에 소복이 쌓인 떡은 자르르 윤기가 흘렀다. 척 봐도 그냥 떡이 아니었다. 둥글게 빚은 떡을 기름에 지지고 그것을 꿀에 절여 만든 거였다.

안태가 만족스러운 미소를 지었다.

"미랑이 힘 좀 썼네?"

미랑이 평소와 똑같은 냉정한 표정으로 대답했다.

"오늘부터 동아리 소개회길래 혹시나 몰라서 준비를 해 뒀을 뿐입니다. 물론 그걸 애네들에게 먹일 줄은 몰랐지만요."

"꿀은 어디서 났어?"

미랑이 창문을 열었다. 그러자 다른 건물과 연결되는 좁은 틈이 나왔고 그 틈을 불법으로 확장해 만든 텃밭이 보였다.

"여기서 키운 당근과 상추를 요리 동아리에서 쓰고 남은 꿀과 바꿔 온 겁니다."

"미랑, 그 당근이랑 상추. 혹시……"

안태가 차마 말을 다 잇지 못했다. 술법의 힘이 없이는 빛도 들어오지 않는 틈에서 상추나 당근이 저렇게 잘 자랄 리가 없었다. 하지만 술력을 함부로 쓰는 건 교칙 위반이었다. 미랑이 어쩔 수 없다는 듯 말했다.

"이러지 않고서야 동아리 식비를 감당하기가 힘드니까요."

그동안 냉정하게만 보였던 미랑이 강율은 처음으로 조금 인간답게 느껴졌다. 안태가 손짓했다.

"다들 얼른 먹어 봐! 진짜 맛있을 테니까! 미랑이가 이렇게 손수 요리하는 날은 얼마 없거든."

"그럼, 잘 먹겠습니다!"

입에 넣자 꿀의 단맛이 혀끝에서 살살 녹았다.

"방장 선배, 이런 솜씨를 가지고 계셨습니까?"

강율이 눈을 빛내며 물었다. 미랑이 어깨를 으쓱였다. 안태가 으스대는 목소리로 말했다.

"자, 그럼 신입부원이 두 명이나 늘었으니 나도 숨겨 둔 것을 꺼내 볼까!"

어지럽게 물건들이 쌓여 있는 곳을 휙휙 잘도 넘어간 안태가 깊은 벽장 속에서 병 하나를 꺼내 왔다.

"특별한 날에 마시려고 내가 직접 만들어 둔 '곡차'라네! 긴장감을 완화해 주는 좋은 차지."

"오, 그런 거라면 안 마셔볼 수가 없겠습니다!"

산영이 신난다는 듯 얼른 찻잔을 들었다. 씁쓸한 곡차의 맛이 또 잘 어울렸다. 그렇게 떠들고 있으려니 동아리의 다른 선배들도 들어왔다. 안태가 얼른 손을 들었다.

"재윤! 성훈! 이리 와서 앉게나. 오늘 새로 들어온 신입 부원들이라네."

"신입 부원들요? 무슨 일이랍니까. 올해는 진짜 우리 연구회가 문을 닫나 싶었는데. 다들 잘 부탁허이!"

동아리방이 금세 시끌벅적해졌다. 다른 선배들 역시 소탈한 성격이었다. 음식이 다 떨어지자 몇몇이 솜씨도 좋게 다른 동아리에서 먹을 것을 구해 왔다. 강율은 그제야 가온학사에 들어와서 처음으로 마음이 편해진 느낌이었다. 술사들이라고 해도 결국 똑같은 사람들이었다. 슬픈 일이 있으면 울고 기쁜 일이 있으면 웃었다.

"그래서 우리 신입생들께서는 궁금한 게 없으신가? 굳이 동아리 일이 아니더라도 학사 일정이라든가 다른 것도 괜찮아."

안태의 말에 강율이 잠깐 고민하다가 입을 열었다.

"그럼 이런 걸 묻는 게 실례가 되지 않는다면 말입니다…… 선배님들께서는 어떻게 짝꿍이 되셨는지 궁금합니다만."

그 질문에 둥그렇게 둘러앉아 있던 선배들이 뚝 말을 멈췄다.

갑작스러운 정적에 강율이 물으면 안 될 걸 물었나 싶어 눈치를 보았다.

"하하!"

하지만 안태가 곧 웃음을 터뜨렸다.

"아, 그런 질문 정말 간만에 들어 보는데. 신입생들답구만. 그래, 아직 다들 짝꿍을 못 정했지? 지금은 그게 제일 궁금하긴 하겠군."

옆에 있던 다른 선배도 한마디 거들었다.

"아무래도 그게 술사 인생에서 가장 중요한 일 아닙니까. 게다가 신입생들이면 다들 기대가 클 때기도 하고요."

안태가 옆에 있는 미랑을 보았다.

"흠, 우리는 어땠더라?"

미랑이 고개를 내저으며 대답했다.

"어땠긴요. 아주 최악이었죠."

안태가 다시 한번 웃었다.

"아무래도 미랑과 나는 성격이 완전 반대잖나. 그래서 내가 처음 짝꿍을 하지 않겠느냐고 물었을 때, 미랑이 단칼에 거절했거든."

산영이 눈을 동그랗게 떴다.

"정말입니까?"

"그럼. 그렇게 바로 거절할 줄은 몰라서 나도 조금 충격이긴 했는데 말이야. 그래도 포기할 수가 있어야지."

"아니, 선배님은 미랑 선배의 어디가 그렇게 맘에 드셨길래……?”

안태가 눈을 가느다랗게 떴다. 강율이 침을 꼴깍 삼켰다. 선배들이 어떤 기준으로 짝꿍을 골랐는지 안다면 자신이 고를 때도 도움이 될 것 같았다. 한참을 생각하던 안태가 드디어 입을 열었다.

“그냥.”

허탈한 답변에 강율이 되물었다.

“네?”

“진짜 그냥. 직감이랄까. 입학식에 서 있던 미랑을 보는 순간 알았지. 내 짝꿍이 될 사람이구나, 하고.”

“그래서 눈 내리는 날 기숙사 앞에서 무릎을 꿇고 별짓을 다 하셨던 겁니까?”

미랑의 말에 옆에 있던 다른 선배들이 웃었다.

“아, 그날. 아직도 기억나네. 진짜 대단하다 싶었는데.”

안태가 어깨를 으쓱였다.

“짝꿍을 구하려면 그 정도는 해야지.”

강율이 물었다.

“대체 뭘 하셨는데요?”

“눈 오는 날, 그 차가운 바닥에 무릎을 꿇고 직접 쓴 자작시를 읊었지. 미랑의 기숙사 창문을 향해서.”

안태의 말에 누군가 한술 더 떴다.

"그때 목소리 증폭기를 몰래 빼내 와 모든 기숙사에 그 자작시가 다 울리게 만들었다는 것도 빼먹으면 안 됩니다, 선배."

"아, 맞다."

"그래서 다음 날 설 교수님한테 불려 갔잖아요."

미랑이 혀를 차면서 말을 이었다.

"설 교수님 연구실에 앉아서 불쌍하게 나를 쳐다보는데 나 아니면 도대체 누가 이 사람 짝꿍을 해 주나 싶어서 그러자고 했던 건데…… 이럴 줄 알았으면 짝꿍 안 했습니다."

하지만 그렇게 말하면서도 미랑의 얼굴엔 은은한 미소가 걸려 있었다. 그런 안태와 미랑을 보면서 다른 선배들이 우우, 하는 소리를 냈다.

"서로 좋아 죽고 못 살면서. 맘에도 없는 소리를 하긴."

미랑이 픽 웃으면서 대꾸했다.

"그러니까 나한테 짝꿍을 하자는 그 수많은 사람들을 거절하고 이 언니랑 짝꿍을 한 거겠지."

"그럼, 그러니까 내가 더 잘해야지."

안태가 고개를 끄덕였다.

그 모습을 보면서 강율이 어쩌면 저런 게 이상적인 짝꿍의 모습인지도 모르겠다고 생각했다.

안태가 물었다.

"아직 둘은 적성을 찾지 못한 거지? 판은 열 줄 아나?"

강율이 고개를 저었다.

"아니요, 그럴 리가요."

"그래. 천천히 열면 돼. 일단 1학년 1학기 때는 판을 열고 짝꿍을 정하기만 해도 성공인 셈이지. 급하게 생각하지 말게나."

"급하게 하지 말고……."

강율이 조용히 중얼거렸다. 하지만 그 마음가짐은 옆에 있던 산영의 대답에 깨지고 말았다.

"아, 저는 추출자입니다."

그 말에 강율이 눈을 휘둥그레 떴다. 산영이 추출자라는 건 처음 듣는 소리였다.

"뭐? 자네, 지금까지 날 속였어?"

강율이 놀라서 묻자 산영이 뒤통수를 긁적였다.

"속인 건 아니지! 물어본 적도 없잖아."

"물어본 적은 없지만! 우리 둘 다 신입생이니까, 당연히 자네도 나와 비슷한 수준인 줄 알았지!"

산영이 멋쩍게 대답했다.

"집안 사정 때문에 어쩔 수 없이 추출자로 정해진 거라네. 그렇지 않아도 언제 한번 말을 해야겠다 싶긴 했는데."

"진짜 말도 안 돼. 억울해."

"뭐가 그렇게 억울한가. 자네도 이제부터 술사의 길을 향해 걸어갈 텐데. 그리고 혹시라도……"

이야기하던 산영의 목소리가 작아졌다.

"혹시라도?"

강율이 되물었다. 하지만 대답은 되돌아오지 못했다. 거기까지 말한 산영이 갑자기 고개를 푹 떨궜다. 강율이 놀라 산영의 어깨를 짚었다.

"산영?"

짚은 그대로 산영이 옆으로 넘어졌다. 그걸 본 미랑이 잠깐 갸웃거리다가 산영의 곡차 잔을 코에 댔다. 그러곤 안태를 보았다.

"언니! 애들한테 어떤 곡차를 준 겁니까?"

저쪽에서 다른 부원들과 이야기하고 있던 안태가 고개를 갸웃거렸다.

"그거 저기 안쪽에 있는……, 아!"

안태가 그제야 부랴부랴 자신이 산영에게 주었던 곡차 병을 확인했다. 미랑이 안태의 등을 퍽퍽 소리 나게 때렸다.

"잘 보고 췄어야죠! 이렇게 오래되어서 발효된 곡차를 내놓으면 어떡합니까? 애가 마시고 맛이 갔잖아요!"

그 말에 강율이 눈을 깜박였다. 산영과 같은 병에 들어 있던 곡차를 자신도 나눠 마셨던 것이다.

"어?"

순간 까무룩 눈이 감겼다. 그게 강율이 기억하는 그날의 마지막 기억이었다.

🝔 11 🝔
수상한 동아리

곰팡이가 핀 낯선 천장이 시야에 들어왔다. 강율이 눈을 깜박였다.

기숙사에 들어가지 않은 게 생각나 놀랐지만 주변을 보니 여기저기 쓰러진 채 자고 있는 선배들의 모습이 눈에 들어왔다.

"휴, 다행이다."

마음을 놓은 강율이 기지개를 켰다. 이제 보니 동아리방 한쪽 벽면은 책장으로 가득 차 있었다. 술법과 관련한 전공 도서부터 졸업한 선배들이 남기고 간 듯한 책들까지.

강율은 조심스럽게 일어나 책장으로 다가갔다. 아슬아슬하게 쌓여 있는 책 위에는 종이 더미가 있었다. 흘깃 보고 넘기려는데 붉은색 글자와 함께 그 이름이 보였다. 강율이 고개를 돌리고 종이를 슬쩍 집어 들었다.

"경고 공문……?"

쌓여 있는 종이 더미에 전부 그런 말이 적혀 있었다.

"이게 다 뭐야."

써진 내용도 무시무시했다.

"요주의 인물, 불순 사상 유포 및 불법 전단 배포, 허가받지 않은 야학 설립, 공공 기물 파손, 질서 혼란, 통금 위반……"

발신처는 경시청. 그리고 받는 사람은.

"김종하."

그 이름이 왜 지금 여기서 나오는지 알 수 없었다. 그러나 다시 봐도 공문마다 적혀 있는 건 종하의 이름이었다.

"도대체 무슨 짓을 하고 다니는……"

"아, 그걸 벌써 봤어? 좀 곤란한데."

갑자기 들려온 목소리에 놀라 강율이 몸을 돌렸다. 구안태가 이쪽을 보고 있었다.

"서, 선배님!"

"그래서 이런 책잡힐 물건들은 그때그때 치워 놓으라는 미랑의 말을 들었어야 하는 건데. 그건 나에게 주게나."

강율은 저도 모르게 손에 들린 공문을 안태에게 건넸다. 안태가 그것을 받아다가 착착 치웠다. 어제처럼 사람 좋은 미소를 짓고 있는 안태였지만 더 이상 그 미소가 천진난만하게만 보이지는 않았다.

"이 사람도 가온 연구회 소속입니까? 백 년에 한 번 나올까 말까 한 증폭자 김종하?"

강율의 질문에 안태가 가볍게 혀를 찼다.

"벌써 신입생들 사이에서도 유명 인사로군. 맞아. 그 김종하 역시 우리 동아리다. 그러니 이런 게 여기로 날아오는 거지."

강율이 더듬거리며 물었다.

"가, 가온 연구회는 사람들의 공부를 돕는다고 하지 않으셨습니까? 그런데 이런 경시청의 공문을 받는다고요?"

"공문?"

언제 일어났는지 뒤에서 산영이 톡 튀어나왔다. 안태가 한숨을 폭 내쉬었다.

"우리 두 신입생들은 착하니까 어디 가서 소문은 안 낼 거라고 믿지만……. 일단 따라와라."

안태의 손짓에 둘이 그 뒤를 따랐다.

도착한 곳은 학생회관의 후미진 곳이었다. 사람이 잘 다니지 않는 발코니에는 쓰지 않는 물건들이 잔뜩 쌓여 있었다.

"자네들은 총통에 대해 어떻게 생각하고 있지?"

휙 몸을 돌려 묻는 구안태의 얼굴엔 어느새 미소가 사라져 있었다. 강율이 잠깐 머뭇거렸다.

"너무 갑작스러운 질문입니다만……."

옆에서 낮은 목소리로 산영이 대답했다.

"누구보다 이 나라를 위하는 척하는 위선자에 가깝다고 생각합니다."

산영의 대답에 안태가 살짝 눈썹을 치켜올리곤 물었다.

"왜지?"

"가온 왕조를 무너뜨리고 겉으로는 의회니, 선거니 하면서 마치 자신이 민주적 대표자인 양 행세하고 있지만 실상은 공포심을 조장하거나 언론을 통제하는 방법을 통해 사람들의 마음을 조종하고 있으니 말입니다. 결국 그가 원하는 건 자신을 위한 나라이지 민중을 위한 나라는 아니라고 봅니다."

강율이 산영을 쳐다보았다. 어쩐지 자신이 아는 산영과 다른 느낌이었다. 안 지 얼마 되지는 않았지만 한 번도 이런 이야기를 나누어 본 적은 없었기에 산영이 이런 생각을 가지고 있는 줄은 처음 알았다.

"이 가온학사 역시 총통의 도구 중 하나라는 건 알고 있겠지?"

안태의 질문에 산영이 고개를 끄덕였다.

"압니다. 하지만 알면서도 들어올 수밖에 없지 않습니까?"

"맞네. 그렇기에 이곳에서라도 우리가 할 수 있는 일을 하려는 거지."

안태와 산영의 시선이 마주쳤다. 안태가 무슨 말을 하는지 산영은 금방 알아챘다.

"저와 같은 생각을 하고 있는 사람들이 있다는 걸 알게 되니 조금 맘이 놓이는 것 같군요."

"예상보다 그 숫자가 많을 거야."

산영이 물었다.

"……김종하라는 자도 포함해서 말입니까?"

"정확히 말하면 종하가 가장 앞장서고 있지. 증폭자라는 건 총통도 쉽게 건드릴 수 없는 위치거든. 아주 귀한 인재잖아. 그래서 스스로 나서서 총알받이를 자처하는 거야."

안태의 말에 강율은 종하의 모습을 떠올렸다.

틈 안에서 자신이 위험에 처할 걸 알면서도 강율을 구하기 위해 술법을 사용한 사람, 모두가 탐내는 증폭자, 그리고 이런 활동을 하는 김종하까지.

경시청에서 온 경고 공문, 총통, 총알받이.

무서운 말들뿐이었다. 이 세상의 이면을 봐 버린 느낌이었다.

순간 강율은 겁이 났다.

상경을 하면서 강율이 가졌던 목표는 딱 하나였다. 가온학사에 입학하고 무사히 술사가 되어 가족을 부양할 수 있는 돈을 버는 것.

물론 강율도 보고 들은 게 아예 없지는 않았다. 가온으로 상경했다가 소리 소문 없이 사라진 고모가 이와 비슷한 사건에 연루되어 있다는 건 어린 강율도 아는 사실이었다. 가족 모두가 쉬쉬했지만 어른들이 나누는 이야기를 엿듣는 것만으로도 충분히 짐작할 수 있었다. 그때 가족들이 얼마나 힘들었는지 옆에서 본 강율은 잘 알았다.

그래서 자신까지 가족의 짐이 되고 싶지는 않았다. 그런 강율의 생각을 읽은 듯이 안태가 입을 열었다.

"물론 이건 우리의 일이지. 자네들에게까지 강요할 생각은 없네. 모두가 자신의 목숨보다 신념을 우선시할 수는 없는 법이니까."

안태가 강율을 바라보며 말을 이었다.

"하지만 비밀 정도는 지켜 주었으면 좋겠군."

"언니는 사람이 너무 좋아서 탈이에요. 그 정도로 말해서 되겠습니까?"

뒤에서 서늘한 목소리가 들렸다. 미랑이었다. 미랑이 강율과 산영을 쳐다보았다.

"가온학사 안에서 일어나는 모든 일은 총통이 알 수 있다고 말했었지? 우리가 지금까지 이렇게 활동할 수 있었던 것은 그만큼 비밀 유지가 잘되었기 때문이야. 그러니 만약 어디선가 이게 새어 나간다면 그건 너희들뿐이겠지."

미랑의 눈이 어둡게 빛났다.

"만약 그렇게 된다면 수단과 방법을 가리지 않고 너희들을 가온학사에서 퇴학당하게 만들 테니 유의하도록."

진심이라는 표정이었다. 옆에서 안태가 그만하라는 듯 손을 저었다.

"이 정도 말했으면 알아들었겠지. 어차피 가온 연구회에서 한솥밥을 먹을 게 아닌가. 아, 우리 정기 모임은 매주 화요일일세. 그때 또 보도록 하지."

안태가 미랑과 함께 자리를 떴다. 남은 건 산영과 강율뿐이었다. 강율이 산영을 보고 입을 열었다.

"……그럼 자네도 반총통파를 지지하고 있는 건가?"

강율의 질문에 산영이 머뭇거렸다. 대답 대신 산영이 되물었다.

"강율, 자네는 어떻게 생각하나? 만약에 내가 반총통파를 지지한다면, 그런 활동을 한다면 말이야."

그렇게 묻는 산영의 목소리와 시선이 왠지 몰라도 떨리고 있는 것만 같았다.

강율이 잠깐 생각에 잠겼다. 총통이 가온의 온 권력을 잡고 있는 판국에 반총통파를 지지한다는 건 목숨을 내버린 것과 다름없는 행위였다. 게다가 술사의 신분으로 반총통파 활동을 하는 것은 훨씬 더 무모하고 위험했다.

산영이 입술을 깨문 채 강율을 바라보았다.

강율이 어떤 대답을 한다 해도 자신은 받아들여야 했다. 강율에게는 많은 것들이 있었다. 가족, 고향, 학업과 인생. 그 모든 걸 저버리라 말할 수는 없었다.

전차에서 처음 강율을 보았을 때, 안 된다고 생각하면서도 강율에게 말을 걸 수밖에 없었다. 사랑하던 그 사람을 꼭 닮은 얼굴, 목소리를 외면할 수가 없었기 때문이었다. 처음에는 그저 닮았다는 이유 때문이었지만 점차 강율이라는 사람 자체에 빠져들었다.

강율이 가지고 있는 분위기, 말하는 방식, 생각하는 모양새. 그 전부가 다 좋았다. 그래서 그동안 이런 문제를 생각하지 않으려 했다. 한쪽에 미뤄 둔다고 해결되는 문제도 아니었는데.

'결국에 이렇게 강율의 입에서 직접 들어야 할 답을……'

산영의 다갈색 머리칼이 불어온 바람에 흔들렸다.

머리칼만이 아니었다. 산영의 그림자 전체가 흔들리는 기분이었다. 강율이 이쪽을 바라보고 있었다. 그러곤 천천히 입을 열었다.

"우리는 벗이 아니던가?"

강율은 대답 대신 물음을 던졌다. 산영이 눈을 깜박였다. 왜 그런 걸 지금 묻는 건지 알 수 없었다.

"다시 한번 묻지. 우리는 벗이 아닌가?"

"……맞지. 우리는 벗이지."

"그렇다면 무슨 문제가 있어?"

되돌아온 질문.

"뭐라고?"

산영이 눈썹을 살짝 찌푸렸다. 하지만 강율의 표정은 아까와 똑같았다. 강율이 시원하게 대답했다.

"우리는 벗이고 나는 자네를 믿어. 그러니 자네가 어디서 뭘 하든지 나는 항상 자네 곁에 벗으로 있을 거야."

"강율, 그 말은……?"

"자네가 무슨 일을 하건, 나와의 관계는 변함없을 거라고. 우리는 친우야. 앞으로 내 인생에는 자네도 계속 함께할 거야. 어렵나?"

"아니……. 어렵지 않아."

그제야 강율의 말을 이해한 산영의 얼굴이 천천히 밝아졌다.

"정말이지? 지금 자네가 무슨 의미로 말하는 건지 알고 있는 게지?"

"벗이란 그런 거잖아. 좋을 때만 같이 있는 게 무슨 벗이야? 가장 힘들 때 함께 옆에 있어 주는 것, 그게 벗 아닌가? 비록 내가 할 수 있는 일은 그리 많지 않겠지만. 도움이 되지 않더라도 곁에 있어 주는 것 정도는 할 수 있어."

"강율!"

산영이 한걸음에 강율이 있는 쪽으로 다가왔다. 그러곤 냅다 강율을 끌어안았다. 산영이 강율을 안은 팔에 힘을 주었다.

"뭐 하는 거……!"

"고마워! 고마워, 강율. 그렇게 말해 줘서."

진심 어린 목소리였다.

잠깐 굳어 있던 강율이 손을 들어 올려 산영의 등을 두드려 주었다.

산영이 조그맣게 속삭였다.

"정말로 가장 듣고 싶은 말이었어. 그리고 그걸 자네에게 들을 수 있어서 너무, 너무 기뻐."

"어쩐지. 아까 내 대답을 듣기 전에 얼굴이 엄청나게 심각해 보이더라니."

"지금까지 강율, 자네를 본의 아니게 속이는 것 같아서 꽤 신경 쓰였거든. 지금이라도 이렇게 말할 수 있어서 좋아. 그럼, 앞으로도 마음 놓고 자네의 곁에 있어도 되는 거지?"

그 말에 강율이 농담 섞인 말로 대꾸했다.

"그렇다고 지금처럼 이렇게 붙어 있지는 말고."

산영이 그제야 강율을 품속에서 놓아주었다. 산영이 해맑게 웃었다.

"역시 자네와 함께 있는 게 좋아."

♌ 12 ♌
뜻밖의 임무

"무슨 생각을 그렇게 해, 강율?"

사촌 언니 미도의 목소리에 강율이 퍼뜩 고개를 들었다. 언제 왔는지 연분홍색 옷을 차려입은 미도가 맞은편 의자에 앉았다. 가온에 올라온다며 얼굴이나 보자는 내용의 편지를 받은 게 지난주 일이었다. 미도의 모습을 보며 강율이 와, 하며 반겼다.

"언니! 여기서 보니까 더 반갑네요. 새 옷까지 맞춰 입고 왔네?"

미도가 고개를 끄덕였다.

"결혼식이 있다는데 새 옷 좀 지어 봤지. 저번 오일장이 섰을 때 맞춘 거야. 어때?"

"정말 잘 어울려요. 얼굴도 더 좋아진 것 같고요."

강율의 말에 미도가 웃었다.

"미리뫼에는 별일이 없으니까. 너는 어때? 어른들께서 엄청 궁금해하셔. 가온까지 올라갔으니까 너를 꼭 만나고 오라고 얼마나 성화를 하시던지."

"저도 뭐, 별일 없이 잘 지내고 있죠."

강율이 고개를 끄덕였다. 물론 거짓말이었다. 미도가 오기 전까지도 다방에 앉아 별별 생각을 하고 있었던 것이다.

가온학사에 들어온 지도 거의 한 달이 다 지나가고 있었다. 슬슬 신입생들도 학사에 적응하고 술법에도 익숙해져 갔다. 술법의 기본은 판을 여는 것이기에 지금 모두의 관심은 곧 시작될 판 열기 실습 수업에 쏠려 있었다. 드물게 벌써 판을 열 줄 아는 신입생도 있었다. 하지만 강율은 이론 수업을 따라가기도 벅찼다. 그러니 판은커녕, 술력을 느끼는 것조차 계속해서 실패만 했다.

'분명 그때 김종하의 판을 느꼈는데.'

하지만 이상하게 그 감각이 돌아오질 않았다. 판을 여는 게 너무 막막해서 종하를 만나 보려 한 적도 있었다. 다시 한번 그때의 감각을 느낀다면 판을 여는 데 도움이 될까 싶어서. 하지만 학사 안 어디서도 종하를 찾을 수가 없었다. 가온 연구회 선배들에게 물어봐도 모르겠다는 대답뿐이었다.

"술사들이랑 지내는 건 어때?"

막 나온 커피를 마시며 미도가 물었다.

"생각보다는 괜찮아요."

"그래? 술사들은 다들 괴팍하다던데. 다들 걱정 많이 했어."

"소문은 그렇지만 다들 보통 사람들이랑 똑같아요. 좋은 선배들
도 많고요."

"다행이네. 나는 네가 적응 못 할까 봐 얼마나 걱정했다고."

"부모님께도 전해 주세요. 건강히 잘 지내고 있다고요."

"그래. 이렇게 얼굴까지 봤으니 내가 꼭 그렇게 전해 줄게. 방학
때는 고향에 내려오는 거지?"

"아마도요. 언니는 이번에 얼마나 머물다 내려가셔요?"

"모레면 내려가야지. 곧 농번기잖아. 이번에 올라올 때도 겨우
겨우 졸라서 시간 얻어 냈는걸."

"그래도 언니 덕분에 이런 곳도 와 보네요."

강율이 슬쩍 다방 안을 둘러보았다. 모두 잘 차려입은 모습으
로 티타임을 즐기는 것이, 가온의 멋쟁이는 다 여기에 모여 있는
것 같았다. 아름다운 테이블보가 깔려 있는 자리 사이사이를 가
벼운 발걸음으로 오가는 웨이터들까지 완벽해 보였다.

소문으로만 들었던 중앙호텔이었다. 머물지는 않더라도 중앙호텔 안에 있는 수선화 다방은 다들 한 번씩 다녀와 볼 만하다며 추천을 했던 것이다. 강율은 자신이 여기에 앉아 있는 것 자체가 신기했다.

흐드러지게 핀 생화 장식과 높은 천장, 유리 타일로 장식한 벽에 큰 창문까지. 모든 게 신식으로 꾸며져 있었다.

"그럴 줄 알았어. 내가 너, 이런 건 하나도 모르고 학사 안에만 틀어박혀 있을 것 같아서 불러낸 거야. 아니, 가온까지 왔으면 이런 재미 정도는 느껴야 하는 거 아니니?"

미도의 말에 강율이 쓸쓸하게 웃었다.

"그래서 지금 이렇게 언니랑 같이 있는 거잖아요."

"오늘 별일 없으면 식사도 하고 가지 그래? 곧 저녁 시간인데."

강율은 다음 주에 내야 할 과제들을 떠올렸다.

"저는……."

일찍 들어가 봐야 한다며 사양하려던 강율의 시야에 익숙한 얼굴이 보였다. 웨이터의 안내를 받으며 들어오는 사람은,

"이산영?"

산영의 얼굴을 알아본 강율의 눈이 커졌다.

그의 모습은 평소와 뭔가 달라 보였다. 말쑥하게 빼입은 정장,

기름을 발라 넘긴 다갈색 머리카락, 여유 있는 걸음걸이까지. 강율이 알던 산영이 아닌 느낌.

산영은 강율을 보지 못한 채 웨이터의 안내를 받고 안으로 들어갔다. 그 모습이 아주 익숙해 보였다. 마치 여기에 자주 와 본 것처럼.

강율이 쳐다보는 방향으로 미도가 고개를 돌리며 물었다.

"왜 그래? 누구 아는 사람이라도 있어?"

"아, 아니에요! 아는 사람은 무슨."

강율이 저도 모르게 고개를 젓고는 얼른 말을 이었다.

"저녁, 같이 먹자고 하셨죠? 좋아요. 간만에 언니랑 담소도 나누고 괜찮겠네요."

그렇게 대답하면서도 강율의 신경은 안쪽 홀에 들어간 산영에게 쏠려 있었다.

도대체 무슨 일로 산영이 이런 곳에 온 건지 궁금했다. 생각해 보면 산영에 대해서 아는 게 별로 없었다. 어떤 집안이길래 그렇게 어릴 때부터 추출자로 술사의 길을 정한 건지, 가온학사에 들어오기 전에는 무엇을 하면서 어떻게 살았는지 등등.

그런 생각을 하는 강율의 귓가에 사람들의 탄성이 들렸다. 앞을 보니 미도도 눈을 반짝이며 출입구 쪽을 쳐다보고 있었다. 강율도 고개를 돌렸다.

출입구에는 이제 막 들어온 듯한, 깃털이 달린 모자를 쓴 여자가 서 있었다. 슬쩍 봐도 품위가 느껴지는 미인이었다.

"와, 이런 곳에 오니 저런 유명 인사도 보네!"

미도의 말에 강율이 물었다.

"저분이 도대체 누군데요, 언니?"

"어휴, 너는 신문도 안 봐? 가온 왕조 때 비서랑을 지낸 김씨 집안의 막내딸이자 지금은 연극배우로 유명한 김영애잖아!"

전혀 모르겠다는 강율의 얼굴에 미도가 쯧쯧 혀를 찼다.

"김영애가 올라가는 연극이 얼마나 빨리 매진되는데. 이렇게 볼 수 있다니 운이 좋네!"

드레스 자락을 정리한 김영애가 자신을 알아보는 사람들을 향해 살짝 손을 흔들었다. 그 모습조차 우아해 보였다. 웨이터가 김영애를 안쪽으로 안내했다. 그 광경을 지켜보던 강율이 손으로 입을 가렸다.

"어?"

자리에서 일어나 김영애를 맞은 건 다름 아닌 이산영이었다. 김영애가 미소를 지으며 산영과 함께 안쪽으로 들어갔다.

저녁 식사는 소문만큼이나 화려했다.

차례로 나오는 접시에 담긴 요리들은 입에 넣기엔 아까울 정도로 공이 들어가 있었다. 물론 강율은 나오는 음식들의 맛을 제대로 느낄 수도 없었지만. 커튼으로 가려진 안쪽 홀에서 사람이 나올 때마다 강율의 시선은 제멋대로 그쪽을 향했다.

김영애와 이산영. 이산영과 김영애.

그 둘의 이름만이 강율의 머릿속에 가득했다. 맞은편에 앉아 있던 미도가 이상하다는 듯 눈썹을 찌푸렸다.

"무슨 생각을 그리해? 식사에는 집중도 못 하고."

"아, 죄송해요. 혹시 잠깐 자리 비워도 될까요?"

미도가 고개를 끄덕였다. 강율이 얼른 자리에서 일어났다. 마음 같아선 산영과 김영애가 있는 쪽의 홀을 한번 살펴보고 싶었지만 꾹 참았다. 복도로 나오니 열린 창으로 저녁 바람이 시원하게 불었다.

'내가 왜 이러는 거야?'

왜 이렇게 마음이 소란한 건지 알 수가 없었다. 따져 보면 자신이 이런 기분이 들 이유는 하나도 없었다. 강율은 창문에 몸을 기대고 밖에 펼쳐진 정원을 잠깐 바라보았다. 중간중간 놓인 등불 사이로 사람들이 정원을 거니는 게 보였다.

"······응?"

강율이 눈썹을 찌푸렸다. 희미한 불빛에 수려한 얼굴이 드러났다.

"김종하?"

저자는 왜 또 여기에 있는 건지 알 수 없었다. 하지만 어둠 속으로 사라지는 종하의 모습은 뭔가 다급해 보였다. 순간 강율의 머릿속에 연구회 동아리방에서 보았던 경고 공문이 떠올랐다. 요주의 인물, 김종하.

뭔가 예감이 좋지 않았다.

다른 생각을 하지도 못한 채 강율이 복도를 뛰쳐나와 종하의 뒤를 쫓아갔다. 정원에서 다시 중앙호텔의 뒷문으로. 뒷문에서 좁은 복도로.

뒷문으로 이어진 복도는 좁고 길었다. 호텔에서 일하는 직원들이 전용으로 쓰는 건지, 복도와 이어진 작은 방들에 옷을 갈아입는 사람들이며 청소 도구로 가득한 찬장, 각종 연회에 사용하는 소품들이 가득 들어차 있는 게 보였다. 복도를 오가는 사람들도 모두 정신없이 바빠 보였다. 이렇게 강율과 종하가 몰래 끼어 있어도 모를 만큼.

'도대체 어디 가는 거야?'

침대 시트를 든 채 이쪽으로 오는 한 무리의 직원들을 헤치고 강율이 종하를 놓치지 않기 위해 뒤를 따라갔다. 복도 끝으로 오니 사람들이 뜸해졌다. 종하가 복도에 나 있는 방들 중 하나로 들어가는 게 보였다. 강율 역시 그 뒤를 따라 방문을 열어젖혔다.

　"김종······!"

　이름을 부르려던 강율의 말이 막혔다. 종하의 손이 강율의 입을 가볍게 막은 채, 방 안쪽으로 강율을 끌고 들어왔다. 문을 닫고 나서야 종하가 강율을 놓아주었다.

　"대체 이게 무슨 짓입니까!"

　강율의 얼굴이 당황스러움으로 붉어졌다. 종하가 어이없다는 듯 혀를 찼다.

　"조용히 좀 하게. 먼저 뒤따라온 게 누군데 나한테 무슨 짓이냐는 소리를 해?"

　"아, 그건······."

　"그냥 모른 척해 주려고 했는데 방문까지 열 줄은 몰랐군. 간이 크다고 해야 할지."

　말을 하면서도 종하는 솜씨 좋게 옷을 갈아입었다. 흰 와이셔츠에 검은 조끼, 팔에 걸친 린넨 수건까지. 웨이터 복장이었다. 대체 그런 옷을 왜 입느냐고 강율이 묻기도 전에 김종하가 입을 열었다.

"가온 연구회에 들어갔다지? 안태 선배에게 이야기를 들었거든."

강율이 고개를 끄덕였다.

"그럼 나에 대한 이야기도 아마 지금쯤이면 알 테고."

"그대가 증폭자이자 반총통파 활동을 한다는 이야기 말입니까?"

똑, 똑 똑- 똑!

그때 바로 옆방 벽에서 소리가 났다. 누군가 일정한 순서대로 두드리는 소리였다. 그 소리를 들은 종하의 얼굴이 굳었다.

"하필이면! 오늘 같은 날 후방 지원을 해 줄 사람이 없다니!"

종하가 입술을 깨물었다. 그 말에 강율이 눈을 깜빡였다. 그리곤 낮은 목소리로 물었다.

"혹시, 반총통파의 일입니까?"

종하가 옅은 한숨을 내쉬었다.

"그렇다네. 왜? 반총통파 일이라면 당장이라도 빠져나가고 싶어서? 다른 사람의 목숨이 걸려 있다고 해도?"

이어진 종하의 말에 강율이 눈썹을 찌푸렸다.

"다른 사람의 목숨이라뇨?"

"오늘 이 중앙호텔에서 반총통파 활동을 하는 사람과 그를 금전적으로 돕는 후원자와의 만남이 있다는 정보가 어디서 새어 나간 모양이더군. 경시청 측은 그들의 신분을 확인하고 생포, 그게 안 된다면 사살까지도 계획하고 있어."

사살.

그 말이 강율의 귀에 콱 박혔다. 지금 중앙호텔에 있는 반총통파. 그리고 금전적으로 그를 후원해 줄 수 있는…….

거기까지 생각한 강율이 고개를 들었다.

"혹시 후원자가 여배우 김영애는 아닙니까?"

"그걸 자네가 어떻게 알고 있지?"

놀란 목소리로 종하가 물었다. 그러더니 강율의 어깨를 콱 쥐었다. 힘이 들어간 종하의 손아귀에 잡힌 어깨가 눈물이 나올 만큼 아팠다.

"갑자기 왜……."

"정말로 너, 총통이 보낸 건가? 그래서 나를 그때 판에서 꺼내 준 거야?"

종하의 눈동자는 활활 타오르고 있었다. 강율이 겨우 종하를 밀쳤다.

"총통이라뇨! 지금 하는 말이 뭔지도 모르겠습니다! 내가 그대를 판에서 꺼낸 것은, 그렇지 않으면 그대가 죽을 것 같았기 때문이고 지금 내가 김영애를 알고 있는 것은, 지금 그녀가 만나고 있는 상대방이 우리 둘 다 알고 있는 사람이기 때문입니다!"

그 말에 종하의 눈썹이 살짝 위로 올라갔다.

"우리 둘 다 알고 있는 사람이라고?"

"그래요. 김영애가 만나고 있는 사람이 바로 이산영입니다. 나와 함께 입학시험에 있었던 사람 말입니다. 산영이 반총통파 활동을 지지하고 있다는 것은 그가 직접 말해 준 사실이고요!"

"이산영, 이산영……."

그 이름을 중얼거리던 종하가 '설마' 하는 표정을 지었다. 강율이 말했다.

"반총통파든 총통파든 그런 건 저와 상관없습니다. 나는 그저 내 친구를 돕고 싶은 겁니다."

강율의 그 말에 종하의 표정이 이상하게 변했다. 강율이 그런 말을 할 거라고는 상상하지도 못했다는 얼굴이었다. 강율이 어이없다는 듯 말을 이었다.

"내가 이렇게 나올 줄 몰랐다는 얼굴입니다? 왜요, 난 무슨 피도 눈물도 없는 사람이라고 생각했습니까?"

"당연히 그건 아니지만……. 이게 반총통파 활동이라는 건 알고 있는 거지?"

강율이 종하의 눈을 똑바로 쳐다봤다. 종하는 자신이 보아 왔던 많은 사람 가운데 강율의 눈이 가장 고요하다고 생각했다. 어떤 바람이 불어도 강율의 눈을 흔들 수 없을 것이다.

"알고 있습니다. 그러니 이제 말해 주시죠. 지금 내가 할 수 있는 일이 뭡니까?"

그렇게 묻는 강율의 모습은 확신에 차 있었다.

잠깐 고민하던 종하가 품에서 작은 지도를 꺼냈다. 중앙호텔의 평면도였다. 이 작전은 시간이 관건이었다. 경시청 측이 어떤 방법으로 둘을 알아내고 작전을 수행할지 알 수 없었으니까. 게다가 도와줄 인력이 빠진 지금으로서는 누구의 도움이든 일단 받아야 했다.

"해야 할 일은 간단해. 직원으로 변장하고 그들에게 접근해서 순사들이 이 호텔에 깔려 있다는 것을 알리고, 둘을 우리가 아까 들어온 직원 전용 복도를 통해 바깥으로 무사히 내보내는 걸세."

"어떻게 자연스럽게 도망칠 수 있겠습니까? 김영애 씨는 있는 것만으로도 시선이 집중될 텐데."

"그래서 내가 조명을 모두 끌 거야. 조명이 꺼지면 바로 둘을 데리고 복도로 오게. 나도 중간에 합류할 테니까. 복도를 쭉 따라 나

가면 우리가 들어왔던 곳에 시동 걸린 차량이 있을 거야. 그걸 타고 도망치면 되네. 둘이 있는 자리가 어딘지 아나?"

강율이 잠깐 기억을 더듬었다. 자신과 미도가 있었던 홀이 3번이었으니 그 안쪽은 4번이었다.

"4번 홀입니다."

종하가 고개를 끄덕이며 지도를 가리켰다.

"4번 홀에서 제일 가까운 직원 전용 복도는 이쪽일세. 모든 복도는 이어져 있으니 나와 금방 만날 수 있을 거야. 외웠나?"

강율이 지도를 한 번 더 보고 고개를 끄덕였다. 종하가 방 뒤편에서 상자를 뒤져 웨이트리스 옷을 꺼냈다. 조금 크긴 했지만 충분히 입을 수 있었다.

"호텔 중앙 로비의 벽시계가 종을 치기 전까지 나와야 하네."

"알겠습니다."

"옷을 갈아입고는 부엌을 통해서 나가게. 드나드는 직원들이 많으니 들키지 않을 수 있을 거야. 요리라도 하나 손에 들고 나가면 더 좋고."

강율이 얼른 자신의 테이블에 서빙을 하던 웨이터를 떠올렸다. 흉내 정도는 낼 수 있었다.

"그럼 내가 먼저 나가도록 하지. 자네는 올라가자마자 바로 홀로 들어서도록 하게."

　강율이 고개를 끄덕였다. 방을 나가려던 종하가 마지막으로 강율을 보았다.

　"자네에게 몇 사람의 목숨이 달려 있는지 몰라. 부탁하네."

13

탈출 작전

"4번 홀에 스튜 하나!"

부엌에 들어서자마자 쩌렁쩌렁한 목소리가 들렸다. 복장을 갖춰 입은 강율이 얼른 나섰다. 자연스럽게 4번 홀로 갈 수 있는 기회였다.

"예!"

다른 사람들보다 먼저 외친 강율이 뜨거운 스튜가 올라간 큰 접시를 들었다. 웨이트리스 옷을 입고 있는 강율을 이상하게 보는 사람은 없었다. 중앙호텔은 가온에서 가장 큰 호텔이었고 이곳에서 일하는 사람의 숫자만 해도 상당했으니까.

다른 직원들의 뒤를 따라 강율이 발걸음을 움직였다. 커튼을 열고 홀에 나서자 가장 먼저 보이는 건 어리둥절한 표정으로 앉아 있는 사촌 언니 미도였다. 분명히 자신을 찾고 있을 것이다. 하지만 어차피 작전이 시작되면 미도도 바깥으로 빠져나가야 했다. 경시청 순사들이 식당 안으로 들어와서 활개를 치기 전에 최대한 사람들을 바깥으로 내보내는 편이 나았다.

미도가 다른 웨이터에게 뭔가를 물어보는 새를 틈타, 강율은 얼른 미도가 있는 홀을 지나쳤다. 테이블마다 앉아 있는 사람들이 보였다. 저 중에 누가 경시청에서 보낸 끄나풀인지 알 수 없었다.

그 생각을 하니 등 뒤로 식은땀이 주룩 흘러내렸다. 어쩌다가 이런 일까지 맡게 된 건지 모르겠다. 뭐에라도 홀린 것 같았다. 다른 사람이 이랬다면 미친 짓이라고 했을 것이다. 겁도 없이 반총통파의 일에 뛰어들다니 보통 정신머리로는 할 수 있는 일이 아니었으니까.

'하지만 어쩔 수 없잖아!'

종하가 구하려는 사람이 산영이라는 것을 알아 버렸으니. 그걸 알고도 하지 않겠다고 할 수는 없었다. 머릿속은 복잡했지만 강율은 최대한 아무렇지도 않게 4번 홀을 향해 걸었다.

어차피 경시청에서 강율의 얼굴까지 알아볼 확률은 낮았다. 종하가 군이 이 일을 강율에게 시킨 것도 혹시나 자신의 얼굴을 알아보는 사람이 있으면 이 계획은 수포로 돌아가기 때문이었을 것이다.

4번 홀의 가장 안쪽 테이블에 산영과 김영애의 모습이 보였다. 작은 목소리로 이야기를 나누고 있는 둘의 모습은 꽤나 친근해 보였다.

"······가온 왕조의 하나 남은 분이시니까요. 당연합니다."

김영애의 목소리가 들렸다. 강율이 두 사람의 테이블 옆에 섰다.

"주문하신 스튜 나왔습니다."

"스튜는 주문한 적이 없······."

고개를 든 산영과 강율의 시선이 부딪쳤다. 산영의 얼굴에 '도대체 왜'라고 묻는 듯한 표정이 떠올랐다.

"무슨 일입니까?"

맞은편에 앉아 있던 김영애가 그런 둘의 모습을 보고 물었다. 뭐라 대답을 해야 할지 몰라 하는 산영 대신 강율이 조그만 목소리로 말했다.

"조명이 꺼지면 도망쳐야 하오."

"그게 무슨 말이야, 강율?"

산영이 물었다. 의심스럽지 않도록 스튜를 테이블에 천천히 내려놓으면서 강율이 입술만 달싹여 대답했다.

"경시청에서 사람들을 이곳에 풀었어. 들키기 전에 빠져나가야 하네."

김영애도 산영도 강율이 무슨 말을 하는지 바로 알아들었다.

"그런데 자네가 어떻게……."

산영의 말이 끝나기 전에 강율이 먼저 이야기했다.

"불이 꺼지면 바로 나를 따라와. 직원들만 이용하는 복도를 통해 바깥으로 빠져나갈 수 있게 해 줄 테니."

김영애가 중간에 끼어들었다.

"들어 보니 산영 님과 같은 편으로 움직이는 자도 아닌 듯한데 믿을 수 있겠습니까?"

'산영 님?'

나이도 더 많고 유명한 배우인 김영애가 산영을 칭하기에는 어색한 호칭이었다. 하지만 들려오는 산영의 대답에 그런 궁금증은 사라져 버리고 말았다.

"믿습니다."

단호한 대답이었다. 산영이 강율을 올려다보았다. 둘의 시선이 또다시 맞부딪쳤다.

"우리는 힘들 때나 기쁠 때나 언제나 옆에 같이 있어 주기로 한, 친우니까요."

산영이 말을 마치는 순간, 호텔의 모든 불이 꺼졌다.

"꺄악!"

"뭐, 뭐야?!"

사방에서 사람들의 놀란 비명이 들렸지만, 강율에게 미리 상황을 전해 들은 산영과 김영애만은 침착했다. 강율이 재빨리 그들의 손을 잡았다.

"이쪽으로."

강율이 낮게 말했다. 저쪽에서 사람들이 웅성거리는 소리가 들렸고 웨이터들이 들어와 손님들을 진정시키는 목소리도 들렸다.

"별일 아닙니다! 손님 여러분들은 움직이지 마시고 잠깐만 기다려 주시기 바랍니다!"

강율은 우왕좌왕하는 사람들 사이를 솜씨 좋게 빠져나갔다. 강율의 손을 잡은 둘도 그 뒤를 쫓아왔다.

이 정도 어둠은 강율에게 별것도 아니었다. 미리뫼에는 등불이라는 게 많지 않았다. 겨울처럼 해가 빨리 지는 계절에는 밭 하나 건너에 있는 순이네를 가려 해도 시꺼먼 어둠 속을 헤쳐야 했다. 새벽에 일어나 소들에게 여물 줄 때도 그랬고.

"모두 자리에 멈춰!"

이번에는 날카로운 목소리였다. 소름이 돋는 것 같았다. 이건 웨이터나 호텔 직원의 목소리가 아니었다.

"경시청……."

뒤에서 산영이 조그맣게 말하는 게 들렸다. 누군가 무기를 빼 들었는지 철그럭거리는 소리가 울렸다.

"여기서 움직이는 자들은 모두 소란죄로 감방에 집어넣을 줄 알아!"

그런 소리를 들으면서도 셋은 멈추지 않고 어둠을 헤쳐 갔다.

"들어가요!"

강율이 직원들이 이용하는 복도로 산영과 김영애를 밀어 넣었다.

"오른쪽으로 꺾어 계속 가면 됩니다!"

뒤에서 시끄러운 소리가 났지만 강율은 신경 쓰지 않았다. 이 둘을 안전한 장소까지 데려가야 한다는 생각뿐이었다.

"계속 가십시오!"

불이 모조리 꺼진 좁은 복도는 앞이 제대로 보이지 않았다. 셋은 손으로 벽을 짚은 채 내달렸다.

"어, 어디까지 가야 하는 거지?"

김영애의 목소리가 들렸다. 강율이 얼른 대답했다.

"중간에 다른 사람 하나가 합류할 겁니다. 그리고 복도 끝까지 가면 차가 한 대 기다리고 있을 거고요!"

복도 중간에 이르자 그림자 하나가 서 있었다.

"종하? 그대입니까?"

강율이 물었다.

⌇ 14 ⌇
안전한 짝꿍감

강율이 아직 식당 안에 들어가기 전, 강율보다 먼저 복도를 빠져나온 종하는 중앙 로비를 한번 훑었다.

강율이 준비를 마치고 홀에 들어가 그들에게 접근할 때까지 여기서 기다리다 조명을 꺼야 했다. 군데군데 경시청에서 나온 듯한 사람들이 서 있는 게 보였다. 종하가 얼른 커다란 조각상 뒤로 몸을 숨겼다. 중앙호텔은 늘 사람이 붐비는 곳이어서 그나마 다행이었다. 그렇지 않았다면 얼굴이 알려진 종하는 쉽게 눈에 띄었을 테니까.

그래서 오늘 같은 임무는 종하에게 쉬운 일이 아니었다. 갑자기 들어온 정보에 일단 달려오긴 했지만 어떤 방법으로 김영애와 반총통파 인사에게 위험을 알려야 할지 알 수 없었다. 아무리 웨이터로 변장을 한다고 해도 다방 안에 있는 모든 사람을 날카로운 눈으로 감시하고 있을 순사들을 피하는 것은 힘든 일이었다. 게다가 지원 인력까지 없었으니 더더욱 무리였다.

'박강율⋯⋯'

종하가 강율의 얼굴을 떠올렸다. 자신을 판에서 꺼내 줬던 그 신입생. 여기서 강율을 만난 건 정말 의외의 일이었다.

"더 이상은 만날 일이 없기를 바랐는데."

씁쓸한 어조로 종하가 중얼거렸다.

그날 이후, 하루도 빼놓지 않고 꿈을 꾸었다. 모두 강율이 등장하는 꿈이었다. 꿈은 무의식의 영역. 술사의 본능은 그렇게 말하고 있었다.

저 사람이 네 짝꿍이라고.

밤이면 강율이 꿈에 나왔고 낮이면 저도 모르게 강율의 모습을 눈으로 쫓았다. 물론 그 누구도 모르게. 학년이 달라서 그나마 다행이었다. 그렇지 않았다면 아마 수업 시간에 절대 집중할 수 없었을 것이다.

강율이 있는 쪽은 다른 쪽보다 더 반짝거리며 빛이 나는 것만 같았다. 당연한 일이었다.

처음 만난 술사가 다른 술사의 판을 보는 것만으로도 기적에 가까운 일이었다. 그런데 강율은 짝꿍도 맺지 않은 상태에서 종하의 판을 닫고 그를 원래의 세계로 빼냈다.

민한희 조교의 말이 떠올랐다.

'정말 하늘이 내린 사이라는 뜻 아니겠니?'

종하가 입학시험 때 틈 안에서 술법을 사용한 건 민한희 조교가 자신을 도와줄 수 있을 거라는 믿음 때문이었다. 민한희는 술사 중에서 특별한 경우로, 짝꿍이 아니더라도 술사 대부분의 판에 어느 정도 개입할 수 있는 존재였다.

'그 신입생이 아니었다면 내가 도착해도 늦었을 거다. 넌 이미 죽었을 거라고.'

자신을 꾸짖던 민 조교의 목소리.

'김종하, 차라리 이번에 짝꿍을 맺는 건 어떠니?'

왜 그런 걸 묻는지 모르는 바는 아니었다. 자신이 증폭자가 아니었으면 이미 퇴학을 당하고도 남았다. 백 년에 한 번 나올까 말까 한 증폭자. 짝꿍도 정하지 못한 술사를 가온학사에 계속 두는 이유도 그 때문이었다.

하지만 종하의 대답은 매번 똑같았다. 짝꿍은 맺지 않습니다.

지금껏 자신에게 짝꿍을 하자며 다가온 사람들이 얼마나 많은지 셀 수도 없었다. 하지만 그들 모두 다른 속셈이 있었다. 어릴 적에는 증폭자를 만나서 술사로서의 인생을 한번 펴 보겠다는 사람들투성이였고, 그다음엔 알게 모르게 총통의 지시를 받은 이들이 종하의 짝꿍이 되려고 혈안이었다.

술사에게 짝꿍이라는 존재는 자신의 생명까지 맡겨야 하는 아주 소중한 사람이다. 그런데 총통은 자신의 사람을 증폭자인 종하의 짝꿍으로 만들어 종하까지 제 손 안에 두려 했다.

그러면 짝꿍이 없을 때보다 훨씬 더 많은 것을 할 수 있게 될 종하의 술법을 총통은 그냥 두지 않을 것이다. 지금까지야 짝꿍이 없어 술법을 쓰지 못했으니 종하를 그저 지켜보는 수준에 놔두었지만 짝꿍이 생긴다면 상황이 아예 달라지는 셈이었다.

총통은 쓸모 있는 장기말을 절대로 그냥 놔두지 않을 것이다.

그게 종하에게는 두려움이었다. 누구보다 앞장서서 반총통파 활동에 나서는 자신에게 짝꿍이 생기면, 결국 총통에게 이용당하게 되리라는 것이.

그래서 처음 강율을 만났을 때는 총통이 자신에게 보낸 끄나풀이라고 생각했다. 그 전에도 몇 번 총통이 보낸 술사들이 짝꿍을 하자며 다가온 경우가 있었으니까.

어디서 찾은 건지는 몰라도 이번엔 자신의 판을 보는 술사까지 데려오다니 총통도 꽤나 급했구나, 하고 생각했다. 술사로서는 거절하기 힘든 제안을 들이민 거였으니까. 그래서 기를 쓰고서라도 강율을 자신의 짝꿍감으로 생각하지 않으려 했다.

"……그런 사람이 인생에서 두 번 나타나지 않는다는 것은 잘 알지만."

물론 총통이 보낸 끄나풀이 아니라는 걸 안다. 그렇다고 해도 자신과 짝꿍이 된다면 강율이 위험한 일에 휩쓸릴 수도 있었다. 반총통파 활동을 하는 증폭자 술사를 짝꿍으로 둔 사람. 자신이 계속해서 반총통파 활동을 한다면, 가장 먼저 짝꿍이 공격받을 테니까. 그래서 일부러 지금까지 강율을 멀리서 보기만 하고 절대 먼저 모습을 드러내지 않은 것이었다.

혹시라도 욕심이 생길까 봐.

짝꿍에 대한 마음은 술사들에겐 본능에 가까운 감정이었다. 이 세상에서 자신을 완벽히 이해할 수 있으며, 판에서 자신을 구해 줄 수 있는 유일한 사람.

강율을 계속 본다면 종하 역시 그런 감정에 휩쓸릴 것만 같았다. 그래서 요새 더욱 반총통파 일에 골몰했던 것도 사실이었다. 조금이라도 강율을 향해 움직이는 자신의 마음을 억누르려고.

"그랬는데……."

하지만 학사 생활하는 강율을 지켜보면 볼수록, 자신의 생각이 틀렸나 하는 생각이 들었다. 거기에 지금의 이 상황까지.

'나는 그저 내 친우를 돕고 싶은 겁니다.'

그렇게 말하던 강율의 얼굴은 진심으로 가득 차 있었다. 이렇게 만나게 될 줄은 몰랐다. 강율은 이 일이 반총통파 활동이며 위험한 일이라는 것을 알면서도 거리낌 없이 응했다. 그 모습에 김종하는 이상한 감정을 느꼈다.

"어쩌면, 혹시……."

종하가 자신도 모르게 흘러나오는 말을 참았다.

"지금은 이럴 때가 아니지."

시간을 확인했다. 지금쯤이면 아마 강율도 산영과 김영애를 만났을 터였다.

"이산영."

이곳에 이산영이 있다는 것도 놀라운 일이었다. 입학시험 때 보았을 땐 그저 철없는 도련님인 줄로만 알았는데 김영애의 후원까지 받는 반총통파 인사라니.

"게다가 그 이름은……."

어디선가 들은 적이 있었다.

"그럴 리가."

잠생각을 떨쳐 내려는 듯 종하가 고개를 저었다. 지금은 이런 생각을 할 때가 아니었다.

"나의 일에 신경 써야지."

종하가 화려한 꽃병 뒤로 몸을 움직였다. 그리고 지도에서 확인한 조명 스위치를 아래로 잡아당겼다.

텅!

불이 꺼지고 동시에 여기저기서 비명 소리가 났다.

"으악!"

"무슨 일이야!"

동시에 그동안 숨어 있던 경시청 순사들이 튀어 나가는 게 느껴졌다. 하지만 그래 봤자 이 어둠 속에서 그들이 할 수 있는 일은 그리 많지 않았다. 종하가 재빨리 몸을 틀어 직원 전용 복도로 향했다.

그리고 얼마 뒤, 저쪽에서 누군가 뛰어오는 소리가 들렸다.

"종하? 그대입니까?"

어둠 속에서 들려오는 목소리는 강율의 것이었다. 강율의 목소리는 밤하늘의 불꽃처럼 빛나는 느낌이었다.

"맞아! 어서 오게!"

종하의 대답에 셋의 발소리가 더 크게 들려왔다. 어둠 속에 네 사람이 모이자, 종하가 얼른 설명했다.

"복도를 따라 끝까지 가면 됩니다!"

바깥의 소동이 느껴졌다. 겁에 질린 사람들, 순사들의 거친 목소리. 넷은 미친 듯이 뛰었다. 어느새 강율은 종하와 산영 사이에 낀 채 달리고 있었다.

"괜찮나?"

종하가 어둠속에서 강율에게 물었다. 바로 옆에서 들려오는 목소리에 강율이 살짝 어깨를 떨었다.

"나는 괜찮으니까 걱정하지 않아도 됩니다! 김영애 씨는?"

뒤에서 김영애가 대답했다.

"무거운 연극 의상을 입고도 뛰는 나인데 이 정도는 문제없죠!"

"저쪽이 출구입니다!"

종하가 외쳤다. 문을 열자 달빛 아래 자동차 한 대가 세워져 있는 게 보였다. 시동이 걸려 있는 차에 종하가 가장 먼저 올라탔다.

"다들 타!"

산영이 김영애가 차에 오르는 것을 도왔고 종하가 강율에게 손을 내밀었다. 자동차의 높이가 상당했기에 강율은 종하의 손을 잡았다.

"출발하겠습니다!"

모두 차에 탄 것을 확인한 종하가 거칠게 차를 몰았다. 넷이 탄 차가 암흑에 잠긴 중앙호텔을 뒤로한 채 떠났다. 산영은 그제야 차를 모는 게 종하라는 걸 알아차렸다.

"김종하?"

옆에 탄 김영애가 이번에도 아는 사이냐는 듯 눈짓을 보냈다.

"여기 있는 둘 모두 가온학사생들입니다. 물론…… 이렇게 만날 거라고는 생각하지 못했는데."

"나 역시 오늘 중앙호텔에서 접선한다던 사람이 자네일 거라곤 생각하지 못했네! 오늘 일에 대한 사례는 나중에 톡톡히 받아 내도록 하지."

앞에서 종하가 외쳤다. 산영이 어이없다는 표정을 지었지만 지금으로서는 종하의 심기를 거스를 수 없었다.

종하가 말을 이었다.

"일단 호텔에서 어느 정도 떨어진 것 같으니 차는 숨겨 놓도록 하겠습니다. 시내를 차로 돌아다니면 오히려 눈에 띌 테니까요."

인적이 드문 곳에 종하가 차를 세우자, 모두 차에서 내렸다. 종하가 트렁크에서 옷들을 꺼냈다.

"아무래도 김영애 님은 옷을 갈아입으셔야 할 것 같습니다. 그리고 박강율, 자네도."

드레스를 입은 김영애와 웨이트리스 복장을 하고 있는 강율의 모습은 확실히 눈에 띄긴 했다.

"갈아입을 곳이 마땅치는 않으니 차 뒤쪽에서 갈아입으시지요. 저희 둘이 누가 오는지 지켜보겠습니다."

종하의 말에 김영애와 강율 둘 다 난감하다는 표정을 지었지만 어쩔 수 없었다. 김영애와 강율이 옷을 들고 차 뒤로 모습을 감췄다. 그러자 남은 건 산영과 종하뿐이었다.

"오늘 일은 고맙지만 학사 안에서는 아는 척하지 말았으면 좋겠는데."

먼저 입을 연 건 산영이었다. 그 말에 종하의 눈썹이 꿈틀거렸다.

"은혜를 이런 식으로 갚는 건 처음 보는데?"

"어차피 지금까지도 그러지 않았나. 그냥 하던 대로 하라는 뜻이야. 이번 일을 빌미로 강율의 곁에 올 생각은 말고. 그대가 강율을 지켜보고 있었다는 건 알고 있어."

산영의 말에 종하의 말문이 막혔다. 어쩐지 나쁜 짓을 하다가 들킨 느낌이었다. 산영이 피식 웃었다.

"아무도 모를 줄 알았나? 그럴 생각이었다면 좀 더 조심했어야지."

"그러는 넌 뭔데? 뭔데 그런 소리를 하는 거지?"

"난 강율에게 정식으로 짝꿍을 제안할 거니까. 그러니 미리 말해 두는 거라네. 내 짝꿍 곁에 다른 술사가 맴도는 걸 보고도 가만있을 사람은 없지 않겠나? 그것도 이렇게 위험한 사람이라면 더욱더."

그 말에 종하의 표정이 구겨졌다. 물론 종하 스스로도 자신이 위험한 사람이라는 건 잘 알고 있었다. 그렇기에 자신과 강율이 완벽한 짝꿍이 될 수 있다고 생각하면서도 강율에게 다가가지 않았다. 하지만 그걸 다른 사람을 통해 듣는 건 또 다른 일이었다.

"너는…… 네가 하는 이 일이 박강율에게 피해가 될 거라는 생각은 안 하나? 더군다나 강율 역시 자네의 정체를 알고 있는 건지 궁금하군."

종하가 물었다. 그게 무슨 뜻이냐고 산영은 되묻지 않았다. 다만 눈을 가늘게 뜨고 종하를 보았다.

"그걸 어떻게?"

"소문을 들은 적 있거든. 반총통파 활동을 하고 있는 사람들 중에 가온 왕조와 연관이 있는 사람이 있다고. 헛소문으로 여겼는데 진짜일 줄이야. 김영애는 우리 쪽에서도 꽤 오랫동안 포섭을

시도한 인물이지. 하지만 단발적인 도움은 받았어도 후원자라고 할 만큼 깊은 관계는 맺지 못했네. 그런 김영애를 단번에 사로잡을 수 있는 사람……."

종하가 산영의 얼굴을 훑어보았다.

"김영애의 아버지이기도 했던 비서랑 김하균은 본디 누구보다 가온 왕실에 충직했던 자였지. 그런 가풍을 어렸을 적부터 보고 자랐다면 아마 김영애 역시 그럴 것이라는 건 누구나 생각할 수 있지 않나."

종하의 말을 듣던 산영이 씩 웃었다.

"물론 그렇게 본다면 나 역시도 안전한 짝꿍감은 아니겠네만."

산영은 자신만만한 미소를 가득 머금고 말을 이었다.

"난 적어도 강율이 위험에 처하는 걸 보고 있지만은 않을 거라서 말이야. 원래 짝꿍이라는 게 그런 거 아니겠나? 큰 시련이 닥쳐 와도 함께 이겨 내는 것. 나는 나의 시련도, 강율의 시련도 모두 이겨 낼 수 있어."

대체 무슨 자신감으로 그렇게 말할 수 있는 건지 종하는 알 수가 없었다.

하지만 그렇게 말하는 산영의 얼굴엔 정말로 여유로움이 넘쳐서 어쩐지 모르게 믿고 싶어졌다.

'이런 게 혈통을 타고난 자의 자신감이라는 건가.'

종하가 속으로 생각했다. 가만히 말이 없는 종하를 보면서 산영이 쐐기 박듯 말했다.

"그러니 아무리 증폭자라고 해도 내 짝꿍을 가로채는 건 그대로 묵과하지 않겠네."

강율과 김영애가 옷을 갈아입고 나왔다. 산영이 김영애에게 말했다.

"그대의 도움은 잊지 않겠습니다."

"무슨 말씀을요. 가온의 충신으로 해야 할 일을 했을 뿐입니다. 항상 조심하십시오. 제 걱정은 하지 마시고요. 저는 오늘 가온을 떠납니다. 물론 대외적 이유는 다른 나라에서의 순회공연이고요."

그 말에 산영이 고개를 끄덕였다.

"언제 만나게 될지 모르겠군요. 그대가 가는 모든 길에 행운이 있기를 바랍니다."

김영애가 고개를 숙였다.

"그래도 산영 님 곁에 이런 친우들이 있어 다행입니다. 돌아가신 아버님께서도 안심하실 거예요."

그 말에 산영의 눈시울이 조금 붉어졌다. 김영애가 가 보겠다는 듯 인사를 했다.

"오늘 도와주셔서 다들 감사합니다. 다음에 또 만날 일이 있었으면 좋겠군요. 그럼."

김영애가 어둠 속으로 사라졌고 남은 건 이제 산영과 종하, 그리고 강율이었다. 산영이 자연스럽게 강율에게 손을 내밀었다.

"이제 우리도 가 보도록 하지."

강율이 종하 쪽을 바라보았다. 하지만 종하가 그 시선을 피했다.

"그럼 둘 다 가 보게. 오늘 있었던 일은 모두 비밀에 부치는 것 잊지 말고."

딱딱한 목소리로 말하고는 종하가 얼른 몸을 돌렸다. 여기에 자신이 있어 봤자 좋을 게 없었다. 하지만 뒤에서 강율의 목소리가 들렸다.

"감사합니다. 그대가 없었다면 오늘 일이 어찌 되었을지 모르는 일이었으니."

하지만 그 말을 듣고도 종하는 아무 말 없이 걸음을 옮겼다.

그게 자신이 할 수 있는 최선이었다.

제4장

판 열기 실습

⚿ 15 ⚿

산영의 판

"중앙호텔에서 그 애들을 만났다고?"

약간 놀란 목소리로 안태가 물었다. 저녁에 있을 야학 수업 준비로 동아리방은 소란스러웠다. 한쪽에서 역시 준비물들을 챙기던 종하가 고개를 끄덕였다.

"그날 마땅한 사람이 없었거든요. 지난번 철도청 사건으로 주력 인물들이 다 붙잡혔으니 말입니다. 제가 갈 수밖에 없었는데 거기서 마주칠 줄은 생각지도 못했습니다."

안태가 흐음, 하는 소리를 냈다.

"의외네. 이산영은 몰라도 박강율은, 반총통파 일에 흥미가 없어 보였는데."

"저도 그 점이 의외였습니다. 혹시, 선배님께서도 이산영에 대해 아십니까?"

"뭔가를 또 알아야 해?"

"아, 아닙니다."

종하가 고개를 저었다.

종하를 보던 안태가 고민하더니 결국 입을 열었다.

"……그 애가 자네를 판에서 꺼내어 주었다지?"

종하가 가벼운 한숨을 내쉬었다. 그 애가 누군지 말하지 않아도 뻔했다.

"그 자리에 없는 사람들은 모를 이야기를 생각보다 많은 사람들이 알고 있군요."

"그냥 우리는 자네가 걱정되어서 그래. 언제까지 짝꿍이 없이 살 수 있을 것 같나? 물론 자네의 걱정은 충분히 이해하지만 너무 꼿꼿한 나무는 결국 바람에 끊어지는 법이라네."

"선배도 아시지 않습니까. 제가 무엇을 걱정하고 있는지 말입니다. 지금 총통이 저를 이리 두는 건, 제가 아직 반 푼어치 술사이기 때문이지 않습니까. 그러나 저에게 짝꿍이 생긴다면……"

종하의 말에 안태가 착잡하다는 눈빛으로 그를 바라보았다.

"일단은 삶을 도모하자는 거지. 자네의 신변에 무슨 일이라도 생긴다면 우리로서도 전력 손실이 엄청나지 않나. 자네의 목숨이 어디 자네만의 것인가?"

"……선배님 말씀이 맞습니다만."

종하가 말을 멈췄다.

스스로도 잘 알고 있었다. 가온학사에 있는 기간은 자신에게 유예된 시간이라는 걸. 가온학사를 졸업한 술사들은 빠짐없이 총통 밑에서 일해야 했다. 그때가 되면 정말로 선택을 해야 한다.

"정말로 여의치 않다면 제가 사라져야 할지도 모른다는 생각도 합니다."

종하의 그 말에 안태가 눈을 크게 치떴다.

"무슨 소리인가! 그런 나약한 생각 하지 말게!"

"총통의 도구가 될 바에야 그냥 사라지는 것이 낫습니다!"

그 외침에 안태가 뭐라 대답도 하지 못한 채 입술을 깨물었다. 종하가 고개를 돌렸다.

"가끔씩 생각하곤 합니다. 내가 증폭자만 아니었다면 이런 고민은 없었을 거라고요."

"그런 생각은 해서 뭘 해! 모든 사람에게는 다 각자의 쓰임이 있는 법이야. 그리고 자네는 그 쓰임을 찾는 과정이고. 나는 그렇게 생각하네."

종하가 씁쓸하게 웃었다.

"이렇게 짝꿍 하나도 제대로 만나지 못하는 술사가 말이죠. 겉으로는 아무리 증폭자네 뭐네 한다고 해도 결국 저는 반 푼어치 술사일 뿐입니다. 앞으로도 그럴 거고요. 누구에게도 쓸모가 되지 못하게 말입니다."

그 말에 안태 역시 더 이상 뭐라 할 수 없었다.

술사로서 최고의 자질을 가지고 태어났지만 스스로 그 가능성을 막아 버리는 기분이 어떨지 상상할 수도 없었다. 게다가 짝꿍의 자질을 가진 자가 이렇게 바로 눈앞에 있는데도 다가설 수 없는 처지라니.

'지금 가장 마음이 쓰린 것은 종하일 테니……'

안태가 입을 다물었다.

"그동안은 이론적인 것을 배웠다면 이번 시간부터는 진짜로 판을 여는 실습에 들어가도록 하겠습니다."

야외 실습장에 라미주 교수의 목소리가 시원하게 퍼졌다. '판 열기의 이론과 실제' 수업은 목소리가 화통 삶아 먹은 것처럼 크기로 유명한 라미주 교수의 시간이었다. 치마저고리를 빼입은 라 교수 주변으로 1학년생들이 둥그렇게 원을 그리고 섰다. 강율과 산영 역시 그 안에 있었다.

"그동안 배웠던 것을 간략하게 정리해 봅시다. 판을 여는 것은 자신만의 방식으로 모든 것에 새롭게 의미를 부여하는 겁니다. 같은 공간이라고 해도 술사가 누구냐에 따라 판의 의미가 달라지죠. 가장 쉽게 판을 펼칠 수 있는 방법은 자신이 좋아하는 것으로 이 안을 가득 채우는 상상을 해 보는 겁니다."

판을 여는 건 술사의 기본. 판을 열지 못하면 술법을 사용하지 못하니, 학생들은 모두 하나도 놓치지 않으려 귀를 기울였다.

"기본적으로 술법이란 술사의 정신력에 따라 많이 좌우되기 때문에, 술사는 정신 집중을 위한 도구를 하나씩 갖고 있습니다. 그리고 그걸 '울채'라고 부르죠."

라 교수가 자신의 가방에서 방울이 달린 작은 막대를 꺼냈다.

"이건 내 어머니께서 물려주신 겁니다. 내가 술사가 되어 이걸 사용한 지도 벌써 이십 년이 넘었군요."

라 교수가 손을 가볍게 흔들자 방울의 맑은 소리가 사방으로 퍼졌다.

"울채는 술사들마다 다릅니다. 하지만 대부분 휴대하기 편하도록 작은 물건들을 이용하는 경우가 많지요. 물론 몇몇 술사들은

187

자신의 몸보다 큰 울채를 사용하기도 합니다만, 극소수입니다. 자, 그럼 내가 먼저 시범으로 판을 열어 보이겠습니다."

라 교수가 울채를 들고 힘찬 목소리로 여는 소리를 외웠다.

"내려온다, 내려온다, 하늘에서 뚜욱!"

울채의 방울 소리가 징징 울렸다.

"풍운 세상, 날리는 흙먼지 속!"

이어지는 주문에 서 있던 학생들이 팔을 들어 얼굴을 가렸다. 갑자기 생긴 돌풍에 흙먼지가 미친 듯이 불어 닥쳤다. 뒤로 떠밀려 가지 않기 위해 산영과 강율이 서로를 붙잡았다.

하지만 곧 다시 한번 방울 소리가 울렸고 돌풍도 뚝 멎었다. 학생들이 헉헉 숨을 몰아쉬었다. 뒤에 있던 라 교수의 짝꿍이 얼른 나와 교수의 울채를 다시 받아 들었다.

"그럼 지금부터 각자 판 열기 실습을 해 보도록 하세요. 기말고사는 판 열기로 대신하니까 그 전까지는 열 수 있도록 열심히 연습해야 할 겁니다."

기말고사라는 말에 학생들의 얼굴이 울상이 되었다. 시험이 반갑지 않은 건 매한가지인 모양이었다. 하지만 곧 다들 표정을 바꾸고 저마다 정신을 집중하기 시작했다. 강율도 교수가 했던 말을 떠올리며 정신을 집중했지만 도대체 뭐가 제대로 되는지 알 수가 없었다.

해가 쨍쨍할 때 시작된 수업은 노을이 뉘엿뉘엿 질 때가 되어서도 끝나지 않았다. 저 멀리서 몇몇이 판 열기에 성공했는지 환호성을 지르는 소리가 들렸다. 소리 나는 쪽을 돌아보고 싶었지만 강율은 마음을 눌러 담으며 다시 한번 정신을 집중했다.

"하아."

절로 한숨이 나왔다. 하지만 역시 제대로 되지 않았다.

"아직도 연습 중인 건가? 이제 슬슬 저녁 시간인데 오늘은 그만하지?"

산영의 말에 강율이 눈썹을 팍 찌푸렸다.

"추출자 이산영 씨, 지금 자네는 판을 열 수 있다고 그렇게 자신만만한 겐가?"

산영이 손을 내저었다.

"아, 아니! 그건 아닌데. 원래 안 될 때는 조금 쉬어 가면서 하는 게 좋지 않을까 싶어서……."

"쉴 시간이 어디 있단 말인가. 노력으로 안 되면 더 노력해야지."

강율이 다시 한번 정신을 집중했다. 하지만 마음이 가라앉지 않았다.

"강율, 교수님께서도 말씀하시지 않았어? 일단은 좋아하는 것을 떠올려 보라고. 그렇게 짜증만 내서야, 되던 판 열기도 안 될 것 같군."

산영의 말에 강율이 입술을 깨물곤 고개를 끄덕였다.

"자네 말이 맞아."

강율이 노을이 지는 하늘을 바라보았다. 옆에 선 산영이 부드러운 목소리로 말했다.

"뭐가 그렇게 급한가. 아직 술사로서 시작도 하지 않았는데."

"하지만 어쩐지, 뭐라도 빨리해야 할 것 같아서 말이지. 나는 다른 사람들과는 달리 술사에 대해서는 정말 아무것도 모르지 않나."

"급할수록 돌아가라는 말도 있으니까. 다른 사람들이 판을 열었던 걸 한번 떠올려 보게."

산영의 말에 강율이 기억을 더듬었다.

가장 먼저 떠오른 것은 종하가 판을 열던 모습이었다. 손에서 미끄러지듯이 나왔던 부채.

'종하의 울채는 부채였구나.'

그리고 그의 입에서 흘러나오던 여는 소리. 동시에 펼쳐진 너른 지평선 같던 판. 그때는 몰랐던 것들이 다시 보였다.

강율은 과연 자신이 그렇게 아름답고 강한 판을 열 수 있을지 자신이 없었다.

"산영, 자네의 울채는 뭔가?"

"오. 드디어 나에게도 관심을 가져주는 겐가?"

"관심은 무슨. 생각해 보니 자네가 판을 여는 건 아직 한 번도 못 본 것 같아서 말이지."

산영이 품 안에서 뭔가를 꺼냈다. 그걸 본 강율이 고개를 갸웃거렸다. 산영이 내민 건 오래되고 퍽 비싸 보이는 삼작노리개였다.

"이거 엄청 비싼 거 아니야?"

"모르긴 몰라도 이걸로 기와집 서너 채는 사고도 남을걸."

"그러니까 이게 자네의 울채라고?"

"응. 뭐, 정확히 말하면 다른 사람의 것이었는데 내 손에 들어온 거지만."

"다른 사람? 누구?"

강율의 물음에 산영이 씁쓸한 미소를 지었다.

"내가 말한 적 있던가? 내가 아는 사람 중 자네와 닮은 사람이 있거든."

"그래?"

"응. 전차에서 자네를 처음 봤을 때 정말 깜짝 놀랐다고. 너무 닮아서 말이야. 아무튼…… 이 노리개는 그 사람이 나에게 남기고 간 거라네."

강율이 살짝 고개를 갸웃거렸다.

"남기고 가다니? 어디 멀리 떠난 건가?"

"……다시는 되돌아올 수 없는 곳으로 떠났지."

그 말에 강율이 놀란 표정을 지었다.

"아, 미안하네. 나는 그런 줄도 모르고!"

"괜찮네, 모르는 게 당연하니까. 나도 다 극복했고. 게다가 내가 잘 사는 것만이 죽은 이의 유언을 지키는 길이니까."

산영의 목소리에는 아직까지 슬픔이 깃들어 있었지만 그만큼 단단하기도 했다. 비 온 뒤에 땅이 굳는 것처럼. 산영은 강율에게서 다시 노리개를 받아 손가락에 걸고는 아래로 쭉 늘어뜨렸다.

"어때, 내가 판을 여는 것도 보고 싶어?"

산영의 질문에 강율이 고개를 끄덕였다. 산영이 잠깐 뭔가를 생각하는 것 같더니 입을 열었다.

"술사들에게는 짝꿍이 꼭 필요하지. 물론 개중에는 하늘에서 점지한 것처럼 처음부터 아주 잘 맞는 짝꿍도 있지만 대부분은 시간을 두고 서로 맞춰 가는 거야."

판을 열어 준다고 해 놓고서는 다른 이야기를 하는 산영을 보며 강율이 무슨 소리냐는 듯 쳐다보았다.

"판은 그 술사가 만들어 내는 새로운 세계나 다름없으니까. 그걸 보고 이해하려면 시간이 어느 정도는 걸리는 게 보통이거든. 그 사람의 생각, 신념, 취향……."

"무슨 말이 하고 싶은 겐가, 산영?"

산영의 다갈색 눈동자가 강율을 쳐다보았다.

"자네는 입학시험 날, 그의 판을 보고 판에서 그를 꺼내 주기까지 했잖아. 물론 그때 자네는 아무것도 모르고 한 일이었을 테지만……."

종하에 대한 이야기였다. 강율이 천천히 입을 열었다.

"그래서 자네가 그랬었지. 그런 증폭자와 짝꿍을 맺어 보고 싶지 않느냐고."

"맞아. 그렇게 자네 마음을 떠봤었지. 혹시라도 자네가 그자와 짝꿍을 하고 싶어 할까 봐 말이야. 사실 그때 물어보고 싶은 건 다른 거였는데."

"뭐였는데?"

"음, 그냥……."

산영이 작게 웃으며 강율을 바라보았다.

"뭐, 그냥 그런 거였지. 그자 말고 나와 짝꿍을 하는 건 어때, 그런 질문을 하고 싶었어."

둘의 시선이 마주쳤다.

해가 지는 야외 실습장에는 주홍빛 노을이 반짝반짝 내려앉고 있었다. 어디선가 우는 풀벌레 소리와 뻥 뚫린 높은 하늘, 불어오는 바람, 그리고 꼭 이 세상에 둘밖에 없는 이 기분.

"내 판이 당장에 보이지 않더라도, 그냥 나와 차근차근 알아 가며 함께해 줄 수 있어? 다른 평범한 짝꿍들처럼 말이야."

산영이 천천히 말을 이었다.

"내가 줄 수 있는 건 별로 없을지 몰라. 어쩌면 나 때문에 자네가 위험에 빠질 수도 있고. 하지만 하나만은 약속할게. 그 어떤 순간에도 자네를 최우선으로 생각하겠다는 것."

정말 사소하지만 진심이 담겨 있는 말이었다.

산영과 짝꿍이 된다면 그는 정말로 온 힘을 다해 이 약속을 지킬 게 틀림없었다. 보지 않아도 알 수 있었다.

산영이 가볍게 웃었다.

"물론 지금 당장 대답하라는 건 아니야. 그저, 내가 이런 마음을 가지고 있다는 걸 이제는 자네도 좀 알아줬으면 좋겠어서."

거기까지 말한 산영이 삼작노리개를 들고선 자신의 여는 소리를 나지막하게 읊조렸다.

"이 세상 한판 신나게 놀아 보세!"

동시에 산영의 판이 열렸다. 강율이 고개를 들었다.

"아."

무지갯빛으로 빛나는 세상. 꼭 비눗방울 너머로 보는 세상 같았다.

강율은 이게 산영의 판이라는 걸 금방 알아챘다. 정말 산영을 닮은 판이라는 생각이 들었다. 낙천적인 산영의 미소가 사방에 흩뿌려져 있는 것만 같았다.

강율이 가만히 산영의 판을 바라보았다. 종하의 것과는 또 다른 느낌.

"아름답군, 산영."

강율의 그 말에 산영의 눈이 천천히 커졌다.

"자네……."

말을 다 하지도 못한 채 산영이 멍하니 입만 벌렸다. 강율이 가만히 웃었다. 그제야 겨우 정신을 차린 산영이 겨우 물었다.

"지, 지금 자네…… 내가 연 판이 보이는 겐가?!"

그렇게 묻는 산영의 얼굴이 새빨갛게 달아올랐다. 그런 산영의 모습이 처음으로 조금 귀여워 보였다.

"대답해 주기 싫은데?"

"그런 게 어딨어! 말을 해 줘야 알지!"

"천천히 알아 가자고 했잖아. 나는 자네의 말을 지킬 뿐이야."

장난기 섞인 강율의 대답에 산영이 어이없다는 듯한 표정을 지었다. 하지만 기분은 좋아 보였다. 강율이 입을 열었다.

"자네의 제안은 나도 긍정적으로 생각해 보겠네. 하지만 일단 나에게는 해결해야 할 일이 하나 있잖아?"

"해결해야 할 일?"

강율이 어깨를 으쓱였다.

"일단 내 판을 열어야 뭘 하든 말든 하지. 제 판도 열지 못하는 술사가 어찌 다른 이의 짝꿍이 될 수 있겠어?"

"잠깐, 강율. 그 말은 자네가 판을 열기만 하면……."

"오늘은 거기까지. 일단은 내가 판을 열 수 있도록 기도나 하는 게 좋을 걸세."

강율의 말에 산영이 웃으며 대답했다.

"기다릴게."

♪ 16 ♪

제가 판을 열지 못합니다, 교수님

"수빈이와 규범이는 벌써 짝꿍을 맺었다지?"

"진이는 실습 시험을 1등으로 통과했다던데 나는 언제나 통과할 수 있으려나."

"걱정하지 말게, 그래도 아직까지 판을 못 연 사람이⋯⋯."

조잘대던 학생들이 입을 다물었다.

책을 품에 든 강율이 이야기하던 학생들 옆을 스쳐 지나갔다. 그들의 시선이 자신을 따라오는 게 느껴졌다. 하지만 그럴수록 강율은 고개를 더 치켜들었다.

아직까지도 판을 열지 못한 유일한 신입생.

그게 강율에게 붙은 꼬리표였다. 가온학사에 입학한 지 벌써 두 달이 흘렀다.

빡빡한 수업을 듣는 것도, 비가 오면 이곳저곳이 새는 기숙사에서 생활하는 것도, 오래된 교내의 각종 지름길을 알아내는 것도, 동아리 활동을 하는 것도 다 익숙해졌건만 강율은 아직까지도 진정한 술사에 다가서지 못했다.

가온학사에 들어온 신입생들이 모두 판을 여는데도 강율의 판은 아직 감감무소식이었다. 산영이 차근차근 알려 주며 함께 연습해 보았지만 달라지는 건 없었다. 이론적으로 배우는 것들은 어떻게든 외우고 이해할 수 있었지만 문제는 실습 수업들이었다.

'아직도 판을 열지 못했다고?'

술법의 기초 실습 수업을 맡은 민한희 조교의 놀란 얼굴이 떠올랐다.

'이상하네. 이렇게 늦게 판을 여는 술사는 없었는데. 그럼, 아직 실습 시험을 치를 준비도 안 되었겠구나.'

그래서 벌써 1등으로 통과한 사람까지 나온 실습 시험을 강율 혼자서만 아직 시작도 하지 못했다.

신입생들이 판을 열기 시작하면서 가온학사는 더욱 활기를 띠기 시작했다. 판을 연 이들은 자연스럽게 추출자와 실현자를 정했고 그 가운데 벌써 짝꿍을 맺은 이들도 있었다.

"작년보다 짝꿍을 맺는 속도가 더 빨라졌지 않아?"

2학년 선배들이 그렇게 중얼거리는 소리를 들었을 때 강율은 어쩐지 심장이 조여 오는 기분이었다. 모두가 달리기를 시작한 가운데 자신만 아직도 출발선에 남아 어디로 어떻게 뛰어야 할지 알지 못하는 기분.

"그런데 말이야, 영영 판을 열지 못하면 어떻게 되는 거야?"

지나친 사람들 중 누군가 뒤에서 속삭이는 소리가 들렸다.

"글쎄, 판을 열지 못하는 술사라니. 아무것도 할 수가 없잖아. 아마 퇴학 조치되지 않을까?"

수군거리는 소리 사이로 '퇴학'이라는 두 글자가 유독 날카롭게 들렸다. 그것만은 절대 안 됐다. 강율은 어젯밤 도착한 어머니의 편지를 떠올렸다. 한 자 한 자 정성스럽게 써 내려간 편지엔 봄이 온 미리뫼의 풍경과 함께 홀로 보낸 딸에 대한 부모님의 사랑이 선연히 녹아 있었다.

「……상경하고 나서 걱정을 많이 했건만 몸 건강히 잘 지내고 있다니 참으로 다행이구나. 동생들은 네가 멋진 술사가 되었다며 부러워하고 있다. 친척들이 찾아와 요새 술사들에 대한 이야기를 들려

주었거든. 우리도 네가 여엿한 술사가 되어 집안의 자랑이 될 수 있기를 바라고 있을 뿐이다. 약재 조금을 함께 보내니, 고뿔이 들면 달여 마시도록 하여라.」

타지에서도 잘 지내고 있는 딸에 대한 자랑스러움과 기대가 묻어 나는 편지였다. 그러니 이렇게 아무것도 되지 못한 채 다시 고향으로 돌아갈 수는 없었다.

"휴."

한숨을 쉬며 강율이 동아리방의 문을 열었다.

"강율! 이제 오는가!"

열자마자 마치 집 지키고 있던 강아지처럼 산영이 톡 튀어나오더니 강율의 손에 있는 무거운 책들을 받았다.

"내 수업은 조금 일찍 끝나서 기다리고 있었어. 오늘 점심은 뭘 먹을……."

신나게 이야기를 하던 산영의 목소리가 끊겼다. 산영이 강율의 코앞에 얼굴을 들이밀었다.

"뭐야, 또."

강율이 귀찮다는 듯 고개를 돌리려 했지만 산영이 강율의 두 뺨을 잡고는 진득하게 시선을 마주치며 물었다.

"표정이 왜 그래? 무슨 일 있었나?"

강율은 조금 전 들었던 이야기를 떠올렸다. 영영 판을 열지 못하는 술사는 퇴학을 당한다.

만약 자신이 퇴학을 당한다면 산영은 혼자 남게 된다. 강율은 그게 더 걱정이었다. 자기 때문에 산영이 제대로 된 짝꿍도 만들어 보지 못하게 될 수 있다는 것이.

강율이 산영의 말간 두 눈동자를 가만히 들여다보았다.

"……자네는 언제까지 기다릴 셈인가?"

"응? 뭘 말인가?"

"소문을 들으니, 태현이 자네에게 짝꿍이 되지 않겠느냐고 물어봤다던데. 거절했다고 했지? 그 제안, 다시 생각해 보면 어떤가?"

"그게 갑자기 무슨 말이야?"

"김태현이라면 성적도 좋고 술력도 상당하던데. 짝꿍감으로 나쁘지 않잖아?"

이어지는 강율의 말에 산영의 표정이 굳었다.

"왜 그런 말을 하는 거야, 강율."

"언제까지 나만 기다릴 수는 없잖아. 이대로 영영 짝꿍을 못 맺으면 어쩌려고? 자네도 이미 소문을 들어 알잖아. 이렇게 계속 판을 열지 못하면, 가온학사에서도 퇴학당할 거라는 걸. 나도 스스

로를 확신할 수 없어. 그런데 어찌 이리 기약도 없이 자네를 기다

리게 하겠⋯⋯."

"왜 그렇게 쓸데없는 걱정을 하나!"

산영의 목소리에 강율의 말이 끊겼다.

"산영⋯⋯."

생각보다 더 격렬한 산영의 반응에 놀라, 강율은 눈을 깜박였다.

"내가 말했잖아. 내 짝꿍은 자네라고. 기다릴 수 있다고! 소문

같은 건 상관없어. 그런 건 그냥 무시하면 된다고. 나도 그렇게 하

고 있는데 왜 자네가 흔들리는 건가!"

그렇게 말하는 산영은 정말로 섭섭하다는 얼굴이었다.

"나는 강율, 자네만 있으면 돼. 판이야 열 때까지 기다리면 되는

게 아닌가."

"쯧쯧, 어리석군."

뒤에서 들린 소리에 강율과 산영이 동시에 고개를 돌렸다.

동아리방 구석에 그림자처럼 앉아 있던 종하가 자리에서 일어

나더니, 고개를 내저으며 한심하다는 눈빛으로 둘을 바라보았다.

"아무리 신입생이라고 하지만 아직까지 이렇게 현실을 바라보

지 못해서야."

"무슨 소리야?"

산영이 날카롭게 물었다.

"지금까지 판을 열지 못하는 학사생이 어디 흔할 것 같은가? 어쩌면 자네는 술사의 피만 타고났을 뿐 재능은 없는 사람일 수도 있어. 어차피 퇴학을 당할 바에는 그냥 일찌감치 마음을 접고 고향으로 되돌아가는 게 더 나을 수도 있다는 말일세. 이산영, 자네역시 늦기 전에 다른 짝꿍을 찾는 게 더 나을 거고. 지금 짝꿍을 구하지 못하면 앞으로는 더욱 어려워질 텐데, 그래서야 되겠나?"

냉정한 종하의 답변이었다. 강율이 생각만 했지 차마 하지 못했던 말들을 종하는 가감 없이 모두 이야기했다.

"그럴 바에는 지금 이렇게 이야기가 나올 때 정리를 하는 게 둘다에게 좋을⋯⋯."

"입 다물어!"

산영이 종하 앞으로 다가갔다. 당장이라도 멱살을 잡고 싶다는 표정이었다. 주먹 쥔 산영의 손이 부르르 떨렸다.

"네가 뭔데 그런 말을 하는 거야? 그런 식으로 말하면 재밌나?"

늘 장난스럽던 산영의 분위기가 아니었다.

"내가 기다린다는데 자네가 무슨 상관이야? 그리고, 뭐? 어차피당할 퇴학? 말을 그런 식으로 하니까 증폭자면서도 네가 아직까지 짝꿍이 없는 게 아닌가. 아, 지금 괜히 질투가 나서 그런 건가?"

자네도 없는 짝꿍 이야기를 우리가 하고 있어서?"

"뭐라고?"

종하 역시 더 이상 참지 못하겠다는 듯 산영에게 다가섰다. 강율이 둘 사이로 끼어들었다.

"도대체 뭐 하는 짓들인가! 이런 일로 싸우다니!"

강율이 얼른 산영의 팔을 잡고 둘을 떨어뜨려 놓았다. 그러곤 산영과 함께 동아리방 밖으로 나섰다. 하지만 산영은 영 화가 가라앉지 않는 모양이었다.

"자기가 뭔데 그런 말을 해!"

"산영, 그만해. 왜 그런 일에 화를 내나."

"……난 자네가 그런 말을 듣는 게 싫다고!"

산영이 강율의 손을 꼭 붙잡았다.

"난 기다릴 거야, 강율. 그러니까 자네도 다른 생각 같은 건 하지 말고 그저 판을 여는 연습만 해. 그러다 보면 곧 자네의 판도 열리겠지."

"산영……."

"이야기했잖아! 가장 힘들 때도 옆에 있어 주는 게 벗이라고. 우린 벗이잖아. 맞지?"

그렇게 묻는 산영의 표정이 마치 애원하는 것 같아서, 강율은 차마 다른 대답을 할 수가 없었다.

"그래, 내가 더 노력할게."

"뭐라도 해 봐야지."

강율이 고개를 들어 눈앞에 있는 문을 바라보았다. 설록 교수의 연구실이었다.

"설 교수님이라면 판 여는 것에 대해 뭔가 아시는 게 더 있을 수도 있어. 일단은 여쭤보자."

입학시험 날, 처음으로 이 연구실에 들어갔을 때가 떠올랐다. 그때만 해도 시험만 통과하면 다 잘될 줄 알았다. 강율은 숨을 크게 들이마신 채 문을 두드렸다.

"들어오게."

낮은 목소리가 안에서 들려왔다. 목소리만 들어도 긴장되는 기분이었다.

사방에 쌓인 책들과 종이들이 눈에 들어왔다. 그때와 똑같은 풍경이었다. 쓰러진 종하를 업은 산영과 함께 이곳에 온 게 엊그제 같은데 벌써 시간이 꽤 흘러 있었다.

"안녕하십니까, 설 교수님. 박강율입니다."

"그래. 무엇 때문에 면담을 요청했지?"

그렇게 물으면서도 설 교수의 눈은 손에 들고 있는 종이를 읽어 내려가느라 바빴다.

설 교수와의 면담 시간을 잡는 것도 꽤나 어려웠다. 수업 시간에나 겨우 얼굴을 볼 수 있는 설 교수는 이 나라 제일가는 술사로서 해야 할 일이 한두 가지가 아니었기 때문이었다. 거기에 총괄 교수로서 가온학사 운영에 손대야 할 것들도 물론 아주 많았다.

"저······."

"일단 앉아. 거기 민 조교가 사 온 과자가 있는데 그거라도 들게. 나는 차를 좀 끓여 볼 테니."

"예?"

설 교수가 억양 하나 변하지 않은 채로 대답했다.

"학생 면담이라는 시간에 나도 좀 쉬어 보자고. 요 며칠간 미친 듯이 일만 했거든."

곧 작은 접시에 담긴 과자와 찻잔 두 개가 강율과 설 교수 앞에 놓였다.

"마시게."

뜨거운 차에서는 은은한 꽃 향이 났다. 얇은 종이에 싸인 과자는 척 보기에도 먹기 아까울 만큼 예뻤다.

"그래, 학사 생활에 무슨 문제라도 있나?"

강율이 찻잔을 내려놓고는 설 교수를 바라보았다. 술법에 대해서는 이 나라 그 누구보다도 잘 아는 사람이었다.

그동안 여기저기서 판을 쉽게 열 수 있는 방법이라고 들은 건 모조리 시도해 보았다. 까마귀의 깃털로 방위진을 만들어 놓고 판 열어 보기, 영험하다는 약수를 떠다 놓고 빌기, 판을 열 수 있는 다른 술사들의 글씨를 받아다가 해 보기 등등. 하지만 결과는 모두 똑같았다.

그래서 마지막으로 찾은 게 바로 설 교수와의 면담이었다. 술법에 대해서는 가장 잘 아는 사람이었으니 판을 열 수 있는 뾰족한 수를 알고 있을지도 몰랐다.

강율이 기어드는 목소리로 입을 열었다.

"저, 그러니까……. 제가, 제가 판을 열지 못합니다, 교수님."

부끄러운 말이었다. 술사가 되겠다며 입학했는데 고작 판을 열지 못해서 이렇게 면담까지 잡았다는 것이.

"혹시 판을 열 수 있는 뾰족한 방법이 뭐 없을까요?"

과자를 입 안에 털어 넣은 설 교수가 느리게 눈을 깜박였다. 강율이 초조하게 기다렸다. 뭔가 생각하는 듯하던 설 교수가 드디어 입을 열었다.

"그러니까…… 왜 판을 못 여는 거지?"

되돌아온 질문에 강율은 어리둥절하여 눈썹을 찌푸렸다. 설 교수가 말을 이었다.

"아니, 그러니까 판을 열지 못한다는 게 도무지 이해가 안 돼서 말일세. 그런 건, 그냥 여는 거 아닌가?"

그렇게 되묻는 설 교수는 정말로 이해하지 못하겠다는 목소리였다.

"판을 못 열면, 어떻게 하는 거지? 그럴 수도 있나? 술사인데?"

이어지는 설 교수의 혼잣말에 강율이 입을 다물었다. 아무래도 상대를 잘못 고른 것 같았다. 설 교수는 술법의 천재였다. 그가 판을 열지 못하는 사람의 마음 같은 걸 알 리가 없었다.

"으음, 그렇군요. 그럼, 혹시 판을 열지 못하는 학사생은 어떻게 되는지 알 수 있겠습니까?"

설 교수가 고개를 끄덕였다.

"그건 좀 더 쉽네. 판을 열지 못한다는 것은 곧 술사가 되지 못한다는 것. 술사가 되지 못하는 학사생은 이곳에 남아 있을 수 없네. 2학기가 시작되면 1학년생 전체를 대상으로 시험이 치러지는데 거기서 탈락하면 곧바로 퇴학 조치가 이루어지지."

퇴학.

그 말이 강율의 머리를 울렸다.

'그것만은 안 되는데.'

판을 열어야만 하는 이유가 강율에게는 두 개나 있었다. 첫 번째는 가족에게 떳떳한 딸이 되기 위해서, 두 번째는 자신을 기다리는 산영의 짝꿍이 되기 위해서.

설 교수가 불안한 표정을 짓고 있는 강율을 흘깃 보았다.

"음……. 아직 자네가 자네의 판을 완전히 이해하지 못해서 열지 못하는 걸 수도 있어."

"제가 제 판을 이해하지 못한다고요?"

"그래. 예를 들어 틀린 그림을 찾아야 풀리는 문제를 계속해서 수학적으로만 접근하고 있을 수도 있다는 이야기지. 흠, 그런 경우엔 판의 미래를 한번 보는 것도 도움이 될 수 있을지 모르겠군."

"판의 미래요……?"

설 교수가 고개를 끄덕였다. 그러곤 창문 밖을 내다보았다.

"실습장 뒤편으로 숲이 펼쳐져 있지?"

서관에서 가장 높은 곳에 자리 잡은 설 교수의 연구실에서는 실습장과 그 뒤의 숲까지 내려다보였다.

"네."

"저 숲 한가운데에 이 학사를 지켜 주는 수호나무가 있어. 아주 오래된 나무인데 그 나무가 술사들에게 영험하다고 하더군. 술사가 그 나무 아래서 기도를 올리면 판의 미래를 보여 준다는 이야기가 있지."

설 교수가 천천히 말을 이었다.

"그 술사가 어떤 계열의 술법에 재능이 있을지, 판의 크기는 어느 정도일지, 어떤 느낌의 판을 가질지 등등을 알려 주는 거야. 만약 자네가 자네 판의 미래를 보게 된다면 지금 판을 열지 못하는 이유도 알 수 있을지 모르잖나. 미래를 역이용해서 현재의 문제를 푸는 걸세."

강율의 얼굴이 순식간에 밝아졌다.

"그런 방법이 있었군요!"

"통할지 어쩔지는 모르지만 한번 시도해 봐서 나쁠 건 없지 않겠나."

"뭐라도 해 봐야죠. 정말 감사합니……."

강율의 인사가 누군가의 목소리에 묻혔다.

"저는 또 왜 부르셨습니까?"

설 교수가 막 문을 열고 들어온 이를 향해 손짓했다.

"아, 마침 잘 왔군."

강율이 고개를 뒤로 돌리자 문 앞에 선 그와 시선이 마주쳤다. 둘의 얼굴이 동시에 굳었다.

"이러려고 부른 건 아니지만 참으로 적절한 때 찾아와 줬네, 종하 군. 자네가 이 신입생을 데리고 수호나무에 좀 가 주게나. 판의 미래를 볼 수 있게 말이야."

들어온 사람은 다름 아닌 종하였다.

"수호나무 말입니까? 이 자를요? 대체 제가 왜?"

종하가 있는 대로 얼굴을 구긴 채 말했다. 그 모습에 어이가 없는 건 강율도 마찬가지였다.

"저 혼자 가도 됩니다, 교수님."

둘을 바라보던 설 교수가 일을 귀찮게 만들지 말라는 표정으로 다시 한번 말했다.

"신입생 혼자 수호나무에 보낼 수는 없잖은가. 게다가 수호나무에 무언가를 빌 때는 적어도 두 사람은 필요하다는 걸, 종하 자네도 알고 있으면서? 설마 그동안 내가 자네에 대해 편의를 봐준 것을 이런 식으로 갚겠다는 건 아니겠지?"

청산유수처럼 이어지는 설 교수의 말에 종하가 입을 다물었다.

설 교수가 멀뚱히 서 있는 둘을 보면서 눈썹을 찌푸렸다.

"뭐 하는 겐가? 어서들 가 보지 않고?"

나가라는 듯 설 교수가 손을 내저었다. 종하와 강율이 서로를 바라보았다.

♪ 17 ♪
수호나무

종하가 입을 꾹 다문 채 숲길을 올랐다. 설 교수의 청을 거절할 수는 없었기에 지금 이렇게 강율과 함께 수호나무가 있는 곳을 향해 걸어가고 있었지만 어쩐지 마음이 편하지 않았다.

'아직도 판을 열지 못한다고 했지.'

강율이 지금 얼마나 초조할지 상상할 수 없었다. 판을 열지 못하는 술사가 무엇이 될 수 있겠는가. 아무리 주문을 잘 만들어도, 아무리 술력이 강해도 판을 열지 못하면 아무 소용도 없었다.

'하지만 내 판을 보기까지 했으니 판에 대한 재능이 아예 없는 것은 아닐 텐데.'

그런 생각을 하던 종하가 퍼뜩 놀라 머리를 저었다. 지금 자신이 누구 걱정을 하고 있는 건지.

"남이야, 남이라고."

종하가 그렇게 중얼거렸다.

중앙호텔에서 만난 이후, 종하는 일부러 더 강율을 피했다. 물론 피했다는 사실도 강율은 모를 것이다. 그 전에도 딱히 강율 앞에 나선 적은 없으니까.

하지만 결국 이렇게 또 만나고 말았다. 종하가 한숨을 내쉬었다. 강율을 만나고 나서 생각이 많아진 건 사실이었다.

'강율 같은 짝꿍이 있다면……'

함께 총통과 싸워 줄 수 있는 짝꿍. 안태와 미랑을 보면서 늘 부러워했다. 자신의 모든 것을 믿고 맡길 수 있는 그런 사람이 있다는 것이.

어쩌면 괜찮지도 않을까.

총통의 도구로 전락하지 않아도, 자신의 힘을 일부러 죽이고 살지 않아도 되지 않을까.

하지만 한편으로는 그게 자신만을 위한 선택이라는 것을 잘 알고 있었다. 반총통파 활동을 하는 증폭자 짝꿍을 가져서 강율에게 득이 될 게 없었다. 그건 총통의 시대가 끝날 때까지 고난과

역경이 예정되어 있는 길이었다.

'그런 길을 도대체 누구에게 같이 걷자고 할 수 있겠어.'

안 될 말이었다. 게다가 강율의 곁에는 이산영이 있었다. 적어도 자신보다는 산영이 강율에게 더 나았다.

'나와는 다르지. 아무리 몰락한 왕조의······.'

"저, 저기! 좀 천천히 좀 올라가면 안 되겠습니까? 이런 밤에 산에 오르는 게 쉬운 일은 아니란 말입니다!"

뒤에서 들린 강율의 목소리에 종하가 생각을 멈추고 뒤를 돌아보았다.

종하는 그제야 자신이 강율을 저 뒤에 두고 혼자서 빠른 걸음으로 숲길을 올라왔다는 걸 깨달았다. 하지만 대답은 마음과 다르게 나갔다.

"자네가 빨리 올라와야지. 그렇지 않아도 없는 시간을 빼서 지금 데려가 주는 건데."

그 말에 강율이 종하를 째려보았지만 그것뿐이었다.

"나라고 그대에게 폐를 끼치고 싶었던 건 아닙니다. 교수님께서 그리 말씀하시는데 그럼 나더러 어쩌라는 겁니까?"

"끝까지 괜찮다고 하든지."

그렇게 말하면서도 종하는 자리에 서서 강율을 올라오기를 기

214

다렸다. 강율이 숨을 몰아쉬며 곁에 섰다.

"저기만 돌면 수호나무가 있어. 조금만 더 가면 돼."

"……그대도 판의 미래를 본 적이 있습니까?"

강율의 질문에 종하가 천천히 발을 옮기면서 대답했다.

"아니, 없어."

"궁금하지 않습니까?"

"궁금은 하지. 하지만 만약 미래를 본다면, 그래서 혹시나 내 미래가……."

대답을 하던 종하가 입을 다물었다.

혹시나 판이 총통에게 이용당하는 미래를 보게 된다면 도대체 자신은 어떻게 해야 하는 걸까. 그런 미래를 보게 될까 봐 두려워서 종하는 수호나무 앞에 서지 못했다.

"다 왔군."

다시 내려앉은 침묵을 깨고 종하가 앞을 가리켰다.

"와! 이게, 이게 대체……!"

강율이 말을 잇지 못했다. 멋진 광경이 한눈에 들어왔다.

거대한 나무가 밤하늘을 가득 메우고 지면까지 가지를 드리우고 있었다. 그리고 그 가지마다 소담스레 피어 있는 건 새하얗게 빛나는 하얀 목련꽃.

새하얀 꽃잎이 별처럼 반짝였다.

"이게 이곳의 수호나무이자, 가온학사의 교목이기도 한 목련나무다."

꽃송이 하나하나가 아주 컸다. 흠 하나 없이 완벽히 새하얀 꽃잎들이 탐스러운 꽃송이를 이루고 있었다.

홀린 것처럼 강율이 나무 아래로 들어섰다. 거대한 나무의 기둥, 그리고 둥그렇게 아래로 내려와 있는 나뭇가지들. 마치 목련꽃으로 만들어진 둥근 하늘 아래 들어온 느낌이었다.

"이런 게 있을 거라곤 생각도 못 했는데……."

강율이 황홀한 듯 감탄 섞인 목소리로 말했다. 시선을 들어 새하얀 목련꽃으로 가득한 밤하늘을 바라보았다. 바람이 불자 은은한 목련꽃 향기가 둘을 휘감았다.

"수호나무는 일 년 내내 이런 모습이지. 술력을 머금고 자라난 나무니까."

종하의 설명에 강율의 눈이 더 커졌다.

"정말 신기합니다."

"이제 잡담은 그만하고 판의 미래를 보는 의식이나 치르도록 하지."

종하의 말에 강율이 얼른 입을 다물고 종하가 있는 쪽으로 다가갔다. 그러자 종하가 단번에 강율의 손을 움켜잡았다.

"······왜?"

강율이 눈을 동그랗게 뜨고 잡힌 손과 종하를 번갈아 가며 바라보았다. 하지만 강율의 손을 가볍게 감싼 종하의 표정은 한 치의 흐트러짐도 없었다.

"이것도 의식 중 하나일세. 그러니 그렇게 놀란 표정 짓지 말게나. 해야 할 일을 하는 것뿐이니까."

"아."

종하의 말을 들은 강율이 고개를 떨궜다. 하긴, 그렇지 않으면 종하가 갑자기 손을 잡을 리가 없었다.

"자, 다른 손으로 수호나무 가지를 잡게나. 그리고 마음속으로 판의 미래를 보고 싶다고 기도해."

강율이 얼른 다른 손을 뻗어 수호나무의 가지를 잡았다.

"그렇게만 하면 되는 겁니까?"

"일단은."

그 말에 강율이 눈을 감았다. 쏴아아, 바람이 강율의 머리칼을 흔들었다. 눈을 감은 강율을 종하가 가만히 내려다보았다.

과연 박강율이 볼 판의 미래는 어떤 것일까. 괜히 종하까지 마음이 싱숭생숭해졌다.

"제 판의 미래를 보고 싶습니다."

강율이 조그맣게 중얼거렸다. 눈을 감은 채, 마음을 담아 강율이 주문처럼 그 말을 되뇌었다. 하지만 아무런 움직임이 없었다. 밤하늘을 가득 메운 하얀 목련꽃만이 바람에 흔들렸다. 마치 판을 열지 못한 자에게 보여 줄 미래는 없다고 하는 것만 같았다.

강율은 여전히 눈을 감은 채, 판의 미래를 보고 싶다는 말을 중얼거리고 있었다. 종하가 수호나무를 다시 한번 올려다보았다. 그러곤 마음속으로 가만히 말했다.

'수호나무 님, 박강율의 판의 미래를 보여 주십시오.'

이대로 강율이 돌아간다면, 그래서 영영 판을 열지 못하게 된다면 퇴학만이 강율을 기다리고 있다는 것을 종하도 잘 알고 있었다. 그것은 종하도 원하는 바가 아니었다. 비록 짝꿍이 될 수는 없어도 궁금했다. 강율이 과연 어떤 술사가 될지. 멀리서나마 그 소문을 전해 들을 수 있으면 좋을 것 같았다. 종하는 다시금 조용히 기도를 올렸다.

'정말로 있다면, 수호나무여. 그 판의 미래를 보여 주십시오.'

여전히 사방은 조용했다. 종하가 눈을 떴다. 달라진 건 없었다.

'실패인가?'

하긴 판을 열지도 못하는 술사가 판의 미래를 보았다는 이야기는 들어 본 적이 없었다. 고민하던 종하가 강율을 부르려고 했다. 그때,

"……?"

뭔가가 흔들렸다. 강율의 손에 잡힌 수호나무의 가지였다. 저게 뭔지 생각할 틈도 없이 바르르 떨리던 가지의 끝에서 팍, 하는 소리와 함께 꽃망울이 벌어졌다.

그러더니 다른 가지의 꽃들도 점차 커지기 시작했다. 종하가 살짝 눈썹을 찌푸렸다. 수호나무가 이렇게까지 격하게 움직이는 걸 본 적이 없었다.

"박강율?"

잡고 있던 손을 살짝 끌어당겼지만 강율은 반응하지 않았다. 수호나무의 움직임이 더욱 거세졌다.

"박강율!"

팍, 파팍, 팍!

돌풍에 흔들리는 것처럼 수호나무가 마구잡이로 흔들리면서 가지마다 꽃송이가 터지듯 피어났다. 꽃들이 내뿜는 빛이 더 강해졌다.

"강율! 눈을 좀 뜨게!"

종하가 다급히 소리쳤지만 강율은 꿈쩍도 하지 않았다. 뭔가 잘못된 게 분명했다. 수호나무에서 흘러나오는 거대한 술력의 힘이 느껴졌다.

'이대로 있다간 둘 다 이 술력에 빨려 들어가고 말아!'

태풍과도 같은 술력의 파장에 온몸이 따끔거렸다.

"강율!"

종하가 불어오는 술력을 헤치고 강율을 끌어안듯 붙잡았다. 이런 일은 처음이었다. 종하도 도대체 어떻게 해야 할지 알 수 없었다. 수호나무의 빛이 점점 더 밝아졌다.

"뭐, 뭐야?!"

쾅!

거센 소리와 함께 수호나무에서 폭발하듯 빛이 뿜어져 나왔다. 강율을 붙잡은 채 종하가 눈을 감았다. 옷과 머리칼이 미친 듯이 날렸다. 술력이 점점 더 강해지는 게 느껴졌다.

"강율, 강율!"

몸이 둥실 떠올랐고 순간, 고요가 찾아왔다. 종하가 얼른 눈을 떴다.

"어?"

몇 번이나 눈을 깜박였지만 달라지는 건 없었다. 둥실 떠오른 둘을 감싸고 있는 건 아무것도 없는 빛. 끝을 알 수 없는 빛만이 펼쳐져 있었다.

"이게 대체 무슨……?"

수호나무도, 가온학사도 보이지 않았다. 순간 강율의 목소리가 들렸다.

— 안 돼! 여기서 이 사람을 죽게 둘 수는 없어!

"강율?!"

그러나 강율은 자신의 품에 죽은 듯 잠들어 있었다. 그러나 강율의 목소리는 계속해서 울렸다.

— 김종하! 김종하!

대체 왜, 강율이 저리 안타까운 목소리로 내 이름을 부른단 말인가.

— 일어나! 여기서 그대를 죽게 놔둘 수는 없다고!

동시에 보이지 않는 무언가가 종하의 손을 따스히 잡아 왔다.

"아……"

언젠가 이와 꼭 같은 감각을 느낀 적이 있었다.

그래. 그 틈의 판 안에서.

누군가 자신의 이름을 애타게 불렀고 손을 잡았다. 그 소리와 감촉을 따라 겨우 판에서 나올 수 있었던 것이다.

"그럼 지금 이건, 입학시험 사건이 있던 날 나를 판에서 꺼내던 강율의 목소리?"

종하가 아직도 눈을 감고 있는 강율을 내려다보았다.

— 김종하!

마지막으로 강율의 목소리와 함께 종하의 손이 저쪽으로 당겨졌다. 그리고 동시에,

펑!

뭔가가 터졌다. 그러더니 사방을 감싸고 있던 빛이 사라지고 어둠이 퍼져 나갔다. 결국 주변을 가득 채운 것은 끝없는 어둠.

강율의 목소리도, 따스한 손의 촉감도 사라진 여기엔 이제 아무것도 없었다.

순간, 불길한 예감이 종하를 스쳤다. 수호나무가 보여 주는 것은 판의 미래. 만약 그 말이 맞다면 지금 자신이 보고 있는 것은 강율이 열 판의 미래일 것이다.

"……그런데 아무것도 없다고?"

어떤 사소한 것이라도 보였다면 이 정도 기분은 들지 않았을 것이다. 그런데 강율과 자신을 휘감은 것은 그저 아무것도 없는 공허였다.

이곳에는 텅 비어 있는 허무만이 가득했다. 그리고 미래가 없다는 뜻은 결국,

"이 애가 열 판도 없다는 뜻이 아닌가……."

그리고 그 이유 역시 확실했다. 종하가 자신의 손을 내려다보았다.

수호나무는 확실하게 보여 주었다. 강율이 가지고 있던 판과 그 미래에 대해서. 종하가 숨을 들이켰다. 안에서 막힌 숨이 제대로 빠져나오질 못했다. 자신의 품에 안겨 있는 강율을 제대로 내려다볼 수도 없었다.

"전부 나 때문이잖아……."

술력이 넘치는 증폭자의 판에서 강율은 종하를 강제로 끄집어냈다. 그것도 짝꿍이 아닌 술사를. 전례가 없는 일이었기에 그에 대해서는 한 번도 깊게 생각해 보지 않았던 것이다. 종하의 표정이 멍해졌다.

"나 때문에, 나 때문에."

어둠이 걷혔다.

수호나무의 빛이 다시 눈에 들어왔다. 얼마나 시간이 지난 건지 알 수 없었다. 하지만 동쪽 하늘이 희붐하게 밝아 오고 있었다.

다시 돌아왔지만 강율은 여전히 눈을 뜨지 못한 채 누워 있었

다. 종하가 떨리는 손으로 강율의 뺨에 손을 댔다.

"강율⋯⋯?"

미동도 없는 강율의 옆에 종하가 털썩 무릎을 꿇었다.

"안 돼, 안 돼. 강율. 제발 눈을 뜨게. 제발!"

종하가 큰 소리로 외쳤다. 하지만 강율은 옴짝달싹도 하지 않았다.

그저 은은한 목련 향만이 둘을 휘감았다.

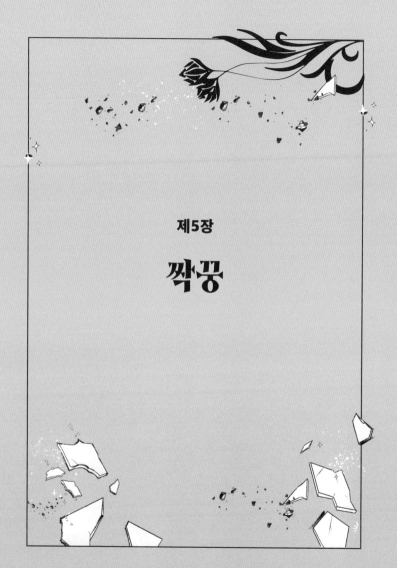

제5장

짝꿍

♌ 18 ♌
돌이킬 수 없는 사고

딱딱한 나무 의자에 앉아 종하는 제 손을 내려다보았다. 종하가 앉아 있는 의자 뒤편의 병실 문은 꼭 닫혀 있었다. 종하는 그 안에 누워 있을 강율의 얼굴을 떠올렸다.

밤새 사라진 둘을 찾아 설 교수와 민 조교가 사방을 뒤졌다. 그리고 수호나무가 보여 준 미래에서 풀려난 종하가 쓰러진 강율을 앞에 두고 비명을 지르는 것을 발견했다.

종하는 깨어나지 못하는 강율을 업고 정신없이 병원으로 향했다.

"강율, 강율……."

종하가 강율의 이름을 되뇌며 자신의 손을 내려다보았다.

판 안에서도, 수호나무가 보여 준 그 환시 안에서도 언제나 자신의 손을 잡아 주었던 건 강율이었다. 열린 판 안에서 술력이 파도처럼 몰아칠 때, 그래서 그 안에 잠식당할 때, 이젠 정말 끝인가 하는 생각이 들었을 때 강율이 이 손을 강하게 잡아끌어 주었다.

예전에, 종하 역시 선배에게 물어본 적이 있었다. 짝꿍을 만나는 건 어떤 기분이냐고. 앞으로 평생 서로를 가장 잘 이해하는 존재가 되어 믿고 등을 맡기는 짝꿍이 될 사람을 만나는 건 도대체 무슨 기분일지 너무 궁금했다.

'그냥. 아, 이렇게 생긴 사람이었구나. 이런 기분이던데.'

그때 들었던 대답의 진정한 의미를 수호나무 아래서 깨닫게 되었다.

"왜……."

자신의 인생에선 없을 줄 알았던 일이었다.

함께 입학했던 다른 친구들이 전부 하나둘 짝꿍이 생겼을 때도 종하는 혼자였다. 자신이 선택한 일이었으니 외로워하면 안 된다고 생각했다.

"그런데 왜 이렇게 자네는 나를 찾아와서……."

"보호자분?"

병실 문이 열렸다. 밖에서 기다리고 있던 종하가 벌떡 일어났다. 긴 치마를 입은 의사가 들어오라는 듯 손짓했다. 머뭇거리던 종하가 그 뒤를 따라 들어갔다.

진한 약품 냄새가 코를 찔렀다. 나무로 만들어진 간이침대엔 강율이 미동도 없이 누워 있었다. 새하얀 베개에 강율의 머리카락이 아무렇게나 흐트러져 있었다. 그 모습을 직접 눈으로 보니 덜컥 겁이 났다.

"어찌 된 일입니까? 왜 아직도 깨어나질 않습니까?"

"몸 상태는 나쁘지 않아. 맥박도 호흡도 정상일세. 다만 받은 충격이 커서 정신을 차리는 게 어려울 뿐이지. 이 뒤의 문제는 나 말고 설 교수님께서 봐 주어야 할 듯싶네."

그 말만을 남긴 채 의사가 자리를 떴다.

"설 교수님이 봐 주어야 할 문제라면……."

종하의 목소리가 가라앉았다. 그렇다면 분명 지금 강율이 눈을 뜨지 못하는 이유는 판과 관련된 일일 것이다. 종하는 심장이 죄어 오는 것만 같았다. 자신 때문에 지금 강율이 이러고 있는 것이 너무나 마음이 아팠다.

고요한 병실 안에 눈을 감고 누워 있는 강율의 얼굴이 시야에 들어왔다. 창문으로 비쳐드는 햇살이 너무 강한 것 같아 종하가 자리에서 일어나 커튼을 쳤다. 적당한 그늘이 강율의 얼굴을 덮었다. 침대 옆에는 '박강율'이라는 세 글자가 적힌 종이가 붙어 있었다.

"박강율."

종하가 그 이름을 가만히 불러 보았다. 덮고 있는 이불 밖으로 삐져나온 손이 눈에 들어왔다. 저 작은 손으로 자신을 판에서 끌어냈다는 게 아직도 믿기지 않았다.

"강율, 제발 일어나게나. 이렇게 있으면 내가 자네를 어찌 책임져야 할지 알 수가 없지 않은가. 그러니, 한시라도 빨리 눈을 떠서 내게 뭐라도 일러 줘. 무릎을 꿇으라면 꿇고 납작 엎드리라면 엎드릴 테니."

"강율!"

누군가 문을 부서져라 열고 안으로 들어왔다. 거친 숨을 내뱉으며 들어온 건 다름 아닌 산영이었다. 산영은 한걸음에 병실을 가로질러 와 강율이 누운 침대 곁에 섰다.

"강율, 강율……!"

참을 새도 없이 후두둑 떨어진 눈물이 강율이 덮고 있는 이불 위에 자국을 만들었다. 산영이 눈물을 문질러 닦고는 종하의 멱

살을 와락 움켜잡았다.

"네놈 짓이지!"

먹살이 잡혔는데도 종하는 아무런 저항을 하지 않았다. 그저 고개를 푹 숙일 뿐이었다. 산영은 오히려 그런 종하의 모습에 더 화가 났다.

"너 대체 뭔데! 내가 말했지, 강율에게 더 다가오지 말라고! 그런데 감히 네가 강율을 이렇게 만들어? 너 때문에 강율이 이렇게 됐어, 너 때문에!"

너 때문이라는 말이 비수처럼 종하의 마음에 꽂혔다. 정말로 이 모든 게 자기 때문이었기에 뭐라 반박할 수도 없었다.

"……미안하네."

종하의 그 말에 산영의 손이 부르르 떨렸다.

"미안하다고? 미안하다고 하면 다야?"

"둘 다 그만하지."

낮고 차가운 목소리가 둘 사이를 떼어 놓았다. 설 교수였다. 민 조교도 함께였다. 검은 코트를 입고 지팡이를 짚은 설 교수는 저 승사자처럼 보였다.

"교수님."

산영이 종하의 먹살을 거칠게 놓았다.

"그렇게 싸운다고 해서 저 애가 일어날 수 있는 건 아닐세. 그러니 그만들 해."

설 교수가 다시 입을 열었다.

"그래서 수호나무에서 어떤 미래를 봤다고?"

종하가 대답했다.

"……아무것도 없는 공허였습니다. 수호나무의 미래 속에선 박강율과 저, 둘뿐이었어요. 판은 보이지 않았습니다."

그 말에 산영의 얼굴도 새하얗게 질렸다.

"수호나무가 보여 준 미래가 공허였다는 건……."

종하가 고개를 떨어뜨렸다. 설 교수가 품에서 무언가를 꺼냈다. 검은색 상자 안에는 가느다란 침과 종이 몇 장이 들어 있었다. 침하나를 꺼낸 설 교수가 강율의 손을 잡고 손가락 끝을 쿡 찔렀다. 새빨간 핏방울이 새어 나왔다. 상자에서 꺼낸 흰 종이에 그 핏방울을 떨군 설 교수가 모양새를 자세히 살폈다.

"어……?"

종이에 떨어진 핏방울이 흔적도 없이 사라진 것을 보고 산영이 짧은 소리를 냈다. 그걸 본 설 교수가 무겁게 고개를 끄덕였다.

"수호나무가 정확한 미래를 보여 주었군."

"교, 교수님. 그 말은……?!"

"그래, 박강율은 판을 열 수 없네. 앞으로도 영원히."

그 말이 무겁게 떨어졌다. 산영과 종하의 얼굴이 그대로 굳었다.

설 교수가 뱉어 낸 말에 이 방 전체가, 아니 이 세상 전체가 기울어져서 바닷속으로 빨려 들어가는 느낌이 들었다. 모두가 차가운 바닷물 속에 깊이 가라앉는 기분이었다.

설 교수가 자리에서 일어났다.

"깨어나면 박강율 학생은 가온학사에서 퇴학하는 조치를 밟도록 하지. 아마 곧 일어날 수는 있을 거야."

설 교수가 병실을 나섰다. 그 뒤를 민한희가 따랐다. 잠시 그 자리에 못 박힌 듯 서 있던 종하가 뒤쫓아 복도로 나갔다.

"교수님!"

설 교수가 걸음을 멈추고 종하를 보았다. 종하의 얼굴은 잔뜩 일그러져 있었다.

"정말로, 정말로 다른 방도가 없는 겁니까? 교수님께서는 그 누구보다 뛰어난 술사이시지 않습니까! 혹여나 제가 뭔가……."

"김종하."

차가운 목소리가 종하의 말을 끊었다.

"저 애가 자네 때문에 저렇게 된 건 알고 있겠지? 지금까지는 자네의 행동에 대해서 눈감아 준 적이 많았지만 이제는 그럴 수 없을 것 같군. 이번 일에서 분명 배운 게 있겠지. 그러니 앞으로는 자네도 조심히 행동하기 바라네.”

“……”

냉정한 설 교수의 말에 뭐라 대답하지도 못한 채 종하가 가만히 서 있었다. 한숨을 한번 내쉰 설 교수가 차분한 목소리로 말을 이었다.

“술력이 넘치는 증폭자의 판에서 자네를 강제로 끄집어냈잖나. 분명 몸에 엄청난 무리가 갔겠지. 그런 일은 지금까지 단 한 번도 없었기에 아예 인과관계를 생각하지 못했어……. 조금 더 빨리 생각해 냈더라면 이렇게까지 되진 않을 수도 있었을 텐데.”

설 교수의 목소리가 더욱 가라앉았다.

“자네가 가진 그 증폭의 힘이 저 아이의 판을 먹어 치운 거나 다름없어. 이렇게 목숨이라도 건진 걸 다행이라고 생각하게. 그래도 살아는 있지 않은가.”

그 말을 마지막으로 설 교수가 자리를 떴다. 민한희가 염려스러운 목소리로 말했다.

“물론 사고라는 건 잘 알고 있어. 입학시험 때 네가 거기서 술법을 쓰지 않았더라면 어차피 이미 다 죽었을 목숨이야. 물론 그것에 대한 책임을…… 이렇게 지게 될 줄은 아무도 몰랐겠지만. 강율이 일어나면 잘 말해 줘. 아마 마음이 말이 아닐 거야."

그 말을 마지막으로 민한희도 설 교수의 뒤를 따라 자리를 떴
다. 남은 건 종하뿐이었다.

♪ 19 ♪

용서

벌써 사흘째였다.

병원에서 가온학사의 양호실로 옮겨 온 강율이 눈을 뜨지 못
한 지 세 번의 낮과 세 번의 밤이 흘렀다. 산영이 강율이 있는 양
호실의 문을 바라보았다. 이 문 앞에 서면 늘 기도하는 마음이 되
었다.

오늘은 일어나 줄까? 오늘은. 지금이면. 제발.

산영이 몇 번이나 손잡이를 잡은 채 망설였다. 아무런 미동도
없이 누워 있는 강율을 봐야 하는 건 힘든 일이었다.

고민하는 산영 앞에 양호실의 문이 열렸다. 안에서 나온 건 종

하였다.

"······산영."

강율을 보고 나온 종하가 겨우 산영의 이름을 불렀다. 그늘 속 종하의 모습은 말이 아니었다.

푸석한 얼굴, 며칠째 자지 못한 듯 생기라곤 찾아볼 수 없는 눈동자. 그의 온몸에서는 눈에 보일 것만 같은 슬픔이 뚝뚝 떨어지고 있는 것 같았다.

산영은 꼭 거울을 보는 것 같았다. 종하의 모습이 자신의 모습 같았다. 그 누구도 겪어 보지 못한 이 상황 속에서, 역설적이게도 같은 감정을 느끼고 있는 건 오로지 종하뿐이었다.

"미안······하네."

그 말이 종하의 메마른 입술 사이에서 흘러나왔다.

"전부 내가 이렇게 만든 거야. 나 때문에. 나만 아니었다면 강율이 이런 일을 겪지도, 자네가 친구를 잃지도 않았을 거라고."

고개를 숙인 종하를 따라 바닥으로 물방울이 툭툭 떨어졌다.

눈물을 닦으려 하지도 않은 채, 종하는 그저 서 있을 뿐이었다. 산영이 그런 종하를 가만히 바라보았다.

"그랬겠지."

산영의 대답에 종하가 더욱 고개를 떨궜다. 종하 앞으로 산영이 다가왔다.

"자네가 없었다면 이런 일은 일어나지 않았을 테지."

산영이 종하의 얼굴을 들어 올렸다. 눈물로 젖은 종하를 향해 산영이 한마디 한마디 꾹꾹 눌러 가며 말했다.

"하지만 이미 벌어진 일일세."

산영이 종하의 눈물을 닦아 주었다.

"그리고 과거로 되돌아간다 해도, 강율이라면 이 모든 걸 알고서도 아마 똑같은 선택을 했을 거야. 분명히 자네를 구했겠지."

강율은 그런 사람이니까.

산영이 천천히 말을 이었다.

"그러니 나 역시 자네를 용서할 수밖에 없어. 자네는 강율이 구해 준 사람이니 나 역시 자네의 손을 잡아 주어야 하지 않겠나."

산영이 종하를 향해 손을 내밀었다. 종하가 물기 어린 눈으로 산영이 내민 손을 바라보았다. 산영이 한마디 덧붙였다.

"지금 내 마음을 가장 잘 이해해 줄 수 있는 사람은 이 세상에 오로지 자네뿐이기도 하고."

"……그 말, 진심인가?"

"처음엔 자네가 원망스러웠어. 하지만 그런 마음을 오래 지녀 봤자 뭘 하겠는가. 그런다고 강율의 눈을 뜰 수 있게 만드는 것도

아닌데."

종하가 겨우 손을 들어 내민 산영의 손을 붙잡았다. 산영의 다갈색 눈동자에도 눈물이 어렸다.

"고맙네."

종하가 겨우 그 말을 토해냈다.

산영이 다 안다는 듯 종하의 어깨를 쓸었다. 처음엔 서로 정반대라고 생각했어도 계속 길이 겹쳤다. 결국은 이렇게 서로를 받아들일 예정이었다는 것처럼.

"지금은 우리 모두 강율만을 생각할 때야. 그렇지 않은가."

산영의 말에 종하가 고개를 끄덕였다.

"산영, 자네도 강율을 보러 온 거지? 그럼 들어가 보게."

종하가 그 말을 남긴 채, 자리를 떴다. 산영이 그런 종하의 뒷모습을 가만히 지켜보다 양호실의 문을 열었다.

끼익.

여전히 방 안은 고요했다.

"강율."

이름을 불렀지만 침대 위에 누워 있는 강율의 모습은 그대로였다. 산영이 그 옆에 가만히 앉았다.

강율이 누워 있는 공간은 마치 시간이 멈춰 있는 것만 같다. 그

곳만 공기도, 바람도, 햇빛도 멈춘다. 모든 것이 고요하게 숨을 죽이고 강율만을 바라본다.

자면서 조금 더 길어진 듯한 강율의 머리칼은 아무렇게나 베개 위에 흐트러져 있었다. 창백한 안색, 굳게 감겨 있는 눈꺼풀, 까칠해진 입술 등이 눈에 들어왔다. 매일같이 여기 와서 오늘 있었던 일들을 들려주었지만 강율은 손가락 하나 까딱하지 않았다.

'너는 지금 어디를 헤매고 있는 거야. 얼마나 달콤한 꿈이길래 깨지도 못하는 거냐고.'

마음속으로 산영은 묻고 또 물었다.

강율의 옆에 있으면 자신의 시간까지 멈추는 것 같았다. 아무것도 들리지 않고, 보이지 않았다.

"강율, 이제는 일어나. 널 기다리고 있는 사람이 둘이나 된다고."

산영이 내려온 강율의 앞머리를 가만히 쓸어 올려 주었다. 갓 자라난 풀잎처럼 부드러운 그 머리칼에 산영은 왈칵 터져 나오려는 눈물을 참았다.

'내 짝꿍이 되어 주겠다고 했잖아. 내 영원한 벗이 되어 주겠다고 했잖나. 판을 열지 못하게 됐다고 이런 식으로 도망치는 건 자네답지 않아. 그러니 일어나. 무슨 방법이든 찾아보자고. 분명히 다른 방법이 있을 거야. 우리가 함께할 수 있는 방법이.'

산영이 강율의 손을 잡았다. 그사이에 마른 듯한 강율의 손가락이 산영의 손 사이로 헐렁하게 잡혔다.

산영의 온기가 천천히 강율에게 옮겨 갔다. 산영이 맞잡은 강율의 손 위에 자신의 이마를 가져다 댔다.

"일어나 줘, 강율. 제발."

산영이 눈을 감은 채 중얼거렸다. 한참을 그렇게 있었다. 그러다 순간, 산영이 고개를 들었다.

"강, 강율?!"

휘둥그레지는 산영의 눈에 힘없이 웃고 있는 강율의 얼굴이 보였다.

"일어난 거야? 정말로?"

강율이 잡힌 손을 가만히 흔들었다.

"내가 일어나지 않으면 지옥까지 쫓아올 기세여서 말이야."

그 말에 산영이 울면서 웃었다.

"당연하지. 내가 어떻게 자네를 보내? 정말 지옥 끝까지라도 쫓아갈 거였어. 정말 일어나 줘서 고맙네, 강율."

산영이 강율을 끌어안았다. 온몸에서 산영의 온기가 퍼졌다. 강율이 산영의 등을 토닥여 주었다.

"그래서…… 나는 어떻게 되는 건가?"

강율의 그 말에 산영이 머뭇거렸다. 강율이 괜찮다는 듯 입을 열었다.

"수호나무 아래서 느낄 수 있었어. 몸은 깊은 잠에 빠졌지만 정신은 또렷하게 깨어 있었으니까."

강율이 산영의 눈을 바라보며 물었다.

"나는 판을 열 수 없는 거지?"

"……응."

산영이 겨우 대답했다. 강율이 그럴 줄 알았다는 듯 가볍게 숨을 들이켰다.

"그럼 가온학사에 남아 있을 수도 없겠군."

그렇게 말하는 강율의 목소리는 이미 모든 것을 받아들인 듯한 느낌이었다. 사실 마음 한편으로 줄곧 생각했었다. 다른 이들이 전부 앞서 나가는 것을 보면서, 어쩌면 자신은 이곳에 어울리지 않는 사람일지도 모른다고.

강율은 자신이 보고 느꼈던 종하와 산영의 판을 떠올렸다. 드넓은 지평선처럼 보였던 종하의 판과 오색으로 빛나던 산영의 판. 각각의 특징은 두 사람과 잘 어울렸다.

'내 판은 어떨지 궁금했는데.'

강율이 양호실 창문 밖으로 펼쳐진 어둠에 잠긴 가온학사를 바라보았다. 그리고 천천히 입을 열었다.

"나에게 뭐가 될 수 있다고 말해 준 건 이곳이 처음이었네."

강율의 말에 산영이 조용히 귀를 기울였다.

"고향에서 내 나이 정도 되면 남은 길은 이제 혼인을 하는 것뿐이거든. 사촌 언니들도 다른 친구들도 모두 그랬지. 아마 나도 내년쯤이면 그렇게 됐을 거야."

물론 그게 나쁘다는 건 아니다. 그러나 결혼을 해서 누군가의 아내가 되는 것 외에 인생을 살 수 있는 다른 많은 길이 있다는 걸 몰랐을 뿐이다. 아마 강율 자신도 가온학사의 입학 편지가 아니었다면 그 길들을 몰랐을 거였다.

"이렇게 먼 곳에 와 본 것도, 기차를 탄 것도, 아름다운 건물을 본 것도 모두 처음이었어. 가온은 어지럽지만 아름다운 곳이었지. 그리고 이곳에서 와서 자네를 만났고."

강율이 희미하게 웃으며 산영을 바라보았다.

"처음에는 좀 이상한 사람인가 싶었는데 말이지."

"이상한 사람이라니."

산영이 장난과 울음이 반씩 섞인 목소리로 대꾸했다. 산영의 손을 강율이 가볍게 쓸었다.

"이런 멋진 곳에서 앞으로 새로운 것들을 잔뜩 보고 자네처럼 재미난 친우와 함께 지낼 하루하루가 꽤 기대됐지."

그래, 정말로 기대가 됐다. 직접 입 밖으로 꺼내니 강율은 자신이 얼마나 앞으로의 생활을 기대했는지 확실히 깨달을 수 있었다. 그런데 모든 게 한순간에 물거품이 되었다.

그 꿈들은 강율에게 아주 잠깐 허락된 봄날이었다.

"어떻게든 뭔가 방법이 있을지 몰라. 강율, 그러니까⋯⋯."

"자네와의 약속은 지키지 못해서 미안하게 됐어. 하지만 산영, 자네라면 분명 더 좋은 짝꿍을 만날 수 있을 거야."

그렇게 말하는 강율에게 산영이 어떤 말도 하지 못한 채 가만히 바라보았다.

이 밤이 지나면 사라질 꿈.

"그러니 난⋯⋯."

사악. 사악. 사악.

순간 강율의 말 사이로 기묘한 소리가 들렸다. 강율이 말을 멈췄고 산영 역시 고개를 돌렸다. 양호실 문에 끼워진 불투명한 유리 바깥으로 뭔가의 그림자가 비쳤다. 머리카락이 쭈뼛 곤두서는 느낌이 들었다.

하나. 둘. 셋⋯⋯.

문 앞에 드리워지는 그림자의 숫자가 점차 많아졌다. 산영이 강율의 침대 앞을 호위하듯 가로막았다. 지금 문 앞에 있는 저게 뭔지 알 수 없어도 한 가지만은 확실했다.

살아 있는 것은 아니다.

사악. 사악. 사악.

그 소리는 점점 더 가까워졌다. 숨조차 쉬지 못하고 강율이 눈을 굴려 사방을 쳐다보았다. 기분 나쁜 감각이 온몸을 타고 내려갔다. 식은땀이 솟은 강율의 뒷덜미로 차가운 바람이 스쳤다.

"저게……."

도대체 저게 뭘까. 산영도 알 수 없었다. 문이 소리도 없이 천천히 열렸다.

크게 치켜뜬 강율과 산영의 눈동자에 그 광경이 고스란히 비쳤다. 눈을 감고 싶었지만 온몸이 얼어붙어서 그럴 수도 없었다.

수많은 사람들. 파도 같은 사람들.

사람 같았지만 사람이 아니었다. 길고 검은 그림자들이 썩어 가는 해초처럼 일렁이며, 발을 끌었다. 기분 나쁜 냄새가 점점 더 가까이 다가왔다.

"아."

강율의 눈동자가 더욱 커졌다.

어느새 코앞에, 시커먼 그림자가 얼굴을 들이밀고 있었다. 눈도,

코도, 입도 없는 얼굴이었지만 강율은 그림자가 자신을 보고 있다는 것을 알았다.

도망쳐야 했다. 당장.

하지만 다리에 힘이 풀렸다. 그림자의 입이 쩍하고 벌어졌다. 그리고 그 말이 흘러나왔다.

무서운 것이.

너희도.

우리처럼.

☌ 20 ☌

새로운 핏줄을 맺나니

산영과 헤어진 뒤, 복도 끝에서 종하가 긴 숨을 내쉬었다. 오늘
도 강율이 깨어나지 못한 걸 확인했다. 벌써 사흘째였다.

강율이 판을 열 수 없다는 것을 알게 된 후 별별 방법을 다 알
아보았다. 판을 대신할 만한 뭔가가 있는지, 혹은 어떤 다른 이유
로라도 가온학사에 남아 있을 수는 없는지.

그러나 그 어떤 방법도 없었다.

"하."

깊은 한숨을 내쉬었다. 차라리 자신이 판을 열 수 없게 되었더
라면 더 좋았을 뻔했다. 그렇다면 적어도 강율이 이런 일을 당하

지 않아도 되었을 테니까.

복도 끝에 선 종하가 어두운 눈으로 '출입 금지'라는 쪽지가 붙어 있는 문을 보았다. 입학시험 날 그 사건 이후 출입이 금지된 틈의 문이었다.

"하지만…… 이제는 다른 방법이 없어."

이건 종하가 생각해 낸 최후의 방법이었다. 지나가듯 들은 이야기였다. 술력이 고갈되어 버린 술사가 틈 안에서 자라난 약초를 먹고 나았다는 소문. 물론 근거도 없는 뜬소문이었지만 그게 종하가 해 볼 수 있는 마지막 방법이었다.

민 조교가 다시 한번 사고를 일으켰다간 그대로 너도 퇴학이라고 엄포를 놓았지만 어쩔 수 없는 일이었다.

"지금은 지푸라기라도 잡아야 할 때니까."

종하가 품 안에서 부채를 꺼내 들었다. 그러곤 결심했다는 듯 틈 안으로 들어섰다.

스윽.

종하가 사라진 복도 끝. 누군가 어둠 속에서 모습을 드러냈다. 지금까지 종하의 모습을 몰래 지켜보고 있었던 건지, 어둠 속에서 모습을 드러낸 남자가 종하가 들어간 문을 확인했다.

기름을 발라 넘긴 남자의 머리카락이 어둠 속에서도 빛났다.

"김종하가 다시 틈 안으로 들어갔습니다."

조용한 목소리로 상황을 누군가에게 전달한 남자가 거울을 통해 들려오는 목소리에 귀를 기울였다.

"제 솜씨를 믿지 못하시는 겁니까? 지금 언어의 대가라고 불리는 설록과 막상막하였던 실력입니다. 그림자를 풀고 틈 안을 휘저어 놓겠습니다. 제 술력과 틈 안의 술력이 만나 폭발하면 그림자들이 튀어나올 만한 구멍이 새로 생길 겁니다. 그런 것까지 방비해 놓지는 않았겠지요. 그 누구도 실행해 본 적이 없으니까."

남자가 웃었다.

"좋습니다. 그렇게 하겠습니다. 모든 것은 총통 각하를 위해."

종하가 이상하다는 느낌을 받은 것은 틈 안에 들어선 지 얼마 되지 않아서였다.

틈 안의 술력이 바람처럼 한쪽으로 쏠려 나가는 것만 같았다. 꼭 틈 어딘가에 구멍이라도 뚫린 것처럼.

"그럴 리가 없는데."

종하는 굳은 얼굴로 술력의 흐름을 따라 걸었다. 점차 빨라지는 술력의 흐름은 분명 이상 반응이었다.

"잠깐, 저건……?"

강율이 있는 양호실이 틈의 희미한 막 너머로 보였다. 틈이 현실과 이어지는 부분이었다. 그곳을 통해서 무언가가 계속해서 틈 밖으로 빠져나가고 있었다. 셀 수도 없이 많은 검은 그림자들이 떼를 지어 움직이면서 바깥을 향했다.

믿을 수 없는 광경이었다.

가온학사 안의 틈들은 모두 엄중히 관리되었다. 지금까지 알려 진 것과 다른 입구가 있다면 설 교수나 민 조교가 모를 리가 없 었다. 하지만 지금 종하가 보고 있는 것은 분명 지금까지는 없었 던 새로운 틈의 입구였다.

봉인되지 않은 입구를 따라 틈 안의 그림자들이 무수히 빠져나 가고 있었다. 종하의 시선이 틈 입구 바깥에 바로 있는 양호실에 닿았다.

종하의 얼굴이 순식간에 굳었다.

"그건 안 돼……!"

양호실은 강율이 있는 곳이었다. 종하가 다급하게 틈의 입구 쪽을 향했다. 하지만 그림자들이 훨씬 더 빨랐다. 수없이 많은 그 림자들이 기묘하게 몸을 꺾으며 양호실 안으로 들어갔다.

"강율! 강율!"

틈 안에서 겨우 빠져나온 종하가 커다랗게 외쳤다. 그러곤 거의 구르다시피 양호실로 향했다.

"아악!"

강율의 비명 소리가 들렸다. 순간, 종하가 강율과 눈이 마주쳤다. 가장 먼저 든 것은 안도감이었다.

'깨어났어. 강율이 깨어났어!'

하지만 그 안도감도 잠시. 종하와 강율, 산영의 앞에 거대한 그림자가 아래서부터 쑤욱 모습을 드러냈다.

"도대체 이게……."

그림자들이 꾸물거리며 하나의 몸을 만들어 냈다. 뒤에 있던 강율이 그 모습에 우욱거리며 입을 막았다. 하지만 사흘 내내 아무것도 먹지 못하고 그저 누워만 있던 터라 나오는 것은 신물뿐이었다. 산영이 얼른 그런 강율의 어깨를 잡아 지탱해 주었다.

"저게 도대체 뭐지? 자네는 알고 있을 거 아냐!"

산영이 종하에게 외쳤다.

"나도 모르네! 다만 이것들이 틈에서 빠져나왔다는 것뿐!"

"하지만 그런 것치고는 우리를 공격하려는 의지가 너무 뚜렷하잖아!"

틈 안에 사는 마수들에게 인지 능력이 있다는 이야기는 들어본 적이 없었다. 그러나 산영의 말대로 틈에서 나온 그림자는 이쪽을 똑바로 바라보고 있었다. 비록 눈도 코도 없었지만 그것이

원하는 바는 확실했다.

'꼭 누군가 조종하는 것처럼.'

몸을 합친 그림자가 손을 휘둘렀다.

콰쾅!

양호실의 벽이 종잇장처럼 찢어졌다. 그야말로 압도적인 차이였다. 여기서 할 수 있는 게 없었다.

"일단은 도망쳐야겠어!"

산영이 강율을 업었다.

"당장 교수님께 이것을 알려야……!"

종하의 말이 끊겼다. 위쪽에서 덮친 거대한 그림자의 손에 종하의 몸이 붕 떠올랐다. 산영에게 업혀 있던 강율이 힘겹게 외쳤다.

"김종하!"

그림자의 손아귀에 잡힌 채 종하의 얼굴이 새하얗게 질렸다. 그뿐만이 아니었다. 그림자들이 땅 아래에서 솟아나 사방을 둥그렇게 에워쌌다. 산영이 발걸음을 멈췄다.

그림자들이 안쪽으로 천천히 다가왔다. 그야말로 포위당한 셈이었다.

"……술법만 사용할 수 있어도"

산영이 조그맣게 중얼거렸다. 틈에서 나온 마수들을 없앨 수 있는 유일한 방법은 술법뿐이었다. 하지만 지금은 술법을 사용할 수 있는 사람이 아무도 없었다.

셋의 눈앞에 있는 것은 오로지 확실한 죽음뿐이었다.

그림자들이 천천히 포위망을 좁혀 오는 광경이 종하의 눈에 들어왔다. 그림자에게 붙잡힌 몸이 부서질 것 같았지만 그보다도 아래 있는 강율과 산영이 걱정되었다.

'술법, 술법만 쓸 수 있다면…… 나에게 짝꿍만 있었더라도!'

거대한 그림자가 손아귀에 힘을 주었다. 숨이 제대로 쉬어지지 않았다. 당장이라도 정신을 잃을 것 같은 그 순간,

"수호나무가 보여 준 미래……."

종하의 머리에 뭔가 스쳐 지나갔다.

분명 그때 자신이 본 것은 강율이 미래에 열게 될 판의 모습이었다. 아무것도 없던 어둠, 그리고 그 속에 있던 강율과 자신.

"잠깐만. 그래! 그곳엔 내가, 내가 있었잖아."

모든 게 명확해졌다. 수호나무는 없는 것을 보여 주지 않았다. 강율의 미래에 있던 김종하.

그것을 깨달은 종하가 온몸의 힘을 모아 외쳤다.

"강율! 나의 짝꿍이 되어 주게!"

그 목소리에 강율이 그림자에게 잡힌 종하를 올려다보았다. 지

금 이게 무슨 소리인지 알 수가 없었다.

"도대체, 그게 무슨⋯⋯."

"수호나무가 미래를 보여 주었지. 자네의 판이 열린 미래엔 내가 있었지 않아? 처음엔 아무것도 없는 텅 빈 어둠이라고만 생각했는데 거기에 내가 있었던 거야. 자네의 판은⋯⋯."

종하와 강율의 눈이 마주쳤다.

죽음이 눈앞에 다가온 이 순간, 종하의 곧게 뻗은 눈썹이, 그 얼굴이 싱그럽게 빛났다. 도저히 그럴 리 없을 텐데도, 그 순간 종하 주위에 청춘의 시간이 못 박혀 있는 것만 같았다.

"강율, 자네의 판은 나라는 이야기였어. 내가 자네의 판을 대신 열어 주겠어. 평생!"

종하의 그 말에 강율의 얼굴이 뭐에라도 맞은 것처럼 멍해졌다.

"그, 그게 가능하다고⋯⋯?"

옆에서 산영이 놀란 얼굴로 되물었다. 종하가 외쳤다.

"증폭자인 나만이 가능한 이야기야! 그래서 수호나무도 자네의 미래에 나를 포함해서 보여 준 거였겠지! 강율, 시간이 없어. 지금 이 마수를 없애려면 당장 우리가 힘을 합쳐야만 하네!"

종하가 강율에 이어 산영을 돌아보았다.

"우리 모두가 말이야!"

증폭자인 종하와 추출자인 산영, 그리고 마지막으로 필요한 실현자. 그렇게 세 명이 짝꿍을 맺어야만 증폭자의 엄청난 술력을 바탕으로 한 술법을 사용할 수 있었다.

꼭 필요한 세 명의 사람. 그리고 이 상황을 막을 수 있는 유일한 방법. 이건 우연일지, 아니면 운명일지.

그림자는 계속해서 다가왔다. 하지만 이 지옥도의 끝에 있는 것은 어쩌면 죽음이 아닐 수도 있었다.

강율이 겨우 몸을 일으켰다. 강율의 시선이 종하와 산영에게 닿았다. 다른 건 알 수 없었다. 내일을 생각할 수 없는 지금, 이들에게 주어진 것은 오로지 지금의 선택뿐. 그러니 이 순간에 충실하여, 내일이 다시 올 수 있게 만들어야 했다.

"그 말은, 평생 함께하자는 이야기지?"

강율의 물음에 종하와 산영, 둘 다 크게 고개를 끄덕였다.

어둠의 끝에는 빛이 있었다. 강율이 둘을 바라보았다. 어쩌면 지금까지 이것을 바라고 있었는지도 모르겠다는 생각이 들었다.

누군가 나를 이렇게 찾아내 주기를.

그래서 이 텅 빈 손을 잡아 주기를.

종종 가장 큰 구원은 생각지도 않을 때 선물처럼 굴러 들어오곤 했다. 강율이 입을 열었다.

"그렇다면 죽음까지 함께하세."

그 말이 시작이었다. 강율의 허락이 떨어지자 산영이 바로 엮는 소리를 읽었다. 그것은 짝꿍이 되는 것을 천지신명에게 알리는 소리였다.

"오늘 여기 이 자리에서 우리는 새로운 핏줄을 맺나니. 피로 이어진 새로운 세계여, 우리의 판 안에서 네 적은 우리의 적이고 네 친구는 우리의 친구이기를. 너의 몸을 우리의 몸처럼 여겨 하나가 될 수 있기를. 함께 세계를 보고 함께 죽음을 넘을 수 있기를. 앞으로 영원할 나의 짝꿍이여."

세 명이 서로를 바라보았다. 지금이라면 정말 두려울 것이 없었다. 산영이 가장 먼저 노리개를 들어 올리고 외쳤다.

"자, 그럼 시작해 볼까? **이 세상 한판 신나게 놀아 보세!**"

첫 번째로 산영의 판이,

"그것은 내가 너의 죽음까지도 사랑하는 까닭이다."

이어서 종하의 판이 열렸다.

펼쳐진 두 개의 판을 강율이 바라보았다. 정말 아름다웠다.

동시에 엄청난 양의 술력이 강율을 휘감았다. 강율은 깨달을 수 있었다. 이게 술법을 만들어내고, 실현시키는 방법이라는 걸. 그건 꼭 물속에서 숨을 쉬는 것과 비슷한 느낌이었다. 불가능하다고 생각한 것을 너무나 자연스럽게 해 버리는 것.

"강율."

"강율!"

두 사람의 목소리가 강율의 이름을 불렀다.

산영과 종하의 눈이 말하고 있었다. 이제는 강율, 너의 차례라고.

강율이 품에 넣어 두었던 작은 은장도를 꺼냈다. 그것은 가온에 올라올 때 아버지가 강율에게 주었던 것이었다. 은장도 손잡이에는 동백꽃이 조각되어 있었다. 은장도를 울채로 잡아든 강율이 단단한 목소리로 여는 소리를 외쳤다.

"고요의 껍질을 찢어라!"

동시에 종하가 만들어 낸 판이 강율의 여는 소리에 응답했다. 이어진 세 겹의 판이 모두의 앞에 펼쳐졌다.

종하의 판은 너른 지평선이, 산영의 판은 그 위를 둥글게 감싸는 하늘이 되었다. 그야말로 판으로 이루어진 새로운 세계.

그리고 땅과 하늘을 연결시키는 건, 다름 아닌 강율의 판이었다. 세 개의 판이 만들어 낸 세계를 찢는 건 강율의 여는 소리. 새가 알의 껍질을 찢고 나오는 것처럼, 강율의 여는 소리가 종하와 산영의 판을 두드렸다.

추출자인 산영이 가장 먼저 움직였다. 산영의 움직임에 추출된 술력이 판 가득히 밀려 들어왔다.

이어 종하가 증폭 주문을 외웠다.

"바다……."

강율이 멍한 목소리로 중얼거렸다.

언젠가 산영이 설명해 준 그대로였다. 한 컵의 물을, 호수만 하게 만들 수 있는 게 바로 증폭자의 능력이라고.

종하의 증폭을 받은 술력이 그야말로 바다처럼 펼쳐졌다.

강율이 거대한 그림자를 바라보았다. 저것을 없애기 위해서는 어떻게 해야 할까. 수백 가지 방법들이 머릿속을 스쳐 지나갔다.

자신이 생각하는 대로 이 판이 열린 세계를 새로이 만들어 낸다. 이 안에서는 뭐든지 다 해낼 수 있었다. 거기에 산영과 종하가 자신에게 준 거대한 술력까지.

'그렇다면 어떤 방법이 좋을까.'

잠깐 생각한 강율이 주문을 외웠다.

"나비의 날갯짓, 새벽녘의 안개, 봄날의 꿈처럼 사라져라!"

그와 동시에 엄청난 빛이 그림자를 비롯해 가온학사 전체를 휘감았다.

셋이서 만들어 낸 빛기둥이 가온학사를 환하게 물들였다.

♌ 21 ♌
새로운 세계

강율이 천천히 눈을 떴다. 낯선 천장이 강율을 반겼다.

잠깐 눈을 깜박이던 강율이 헉, 하는 소리와 함께 몸을 일으켰다. 하지만 곧 안도의 한숨을 내쉬었다. 자신의 양옆에 종하와 산영이 각각 침대에 누워 있었기 때문이었다.

"드디어 일어났나."

문을 열고 들어온 건 다름 아닌 설 교수였다.

"교, 교수님!"

"언젠가 사고를 치겠다고 생각은 했는데 이런 식으로 요란하게 칠 줄은 몰랐군."

"그러니까……."

"설명은 됐네. 틈 안에서 마수들이 나온 것은 나도 확인했으니까. 자네들이 미리 막지 않았다면 아마 계속해서 마수들이 빠져나와 가온 학사 전체가 위험에 빠질 수도 있는 일이었어. 하지만 자네들이 제때 막아 준 덕에 틈도 닫혔지. 그건 칭찬해 주겠어."

설 교수의 말에 강율의 얼굴이 밝아졌다.

"나머지 두 녀석도 얼른 일어나지?"

냉정한 설 교수의 목소리에 겨우 잠에서 깬 산영과 종하도 눈을 번쩍 떴다.

"강율!"

둘 다 강율 먼저 확인하는 걸 본 설 교수가 어이없다는 듯 픽 웃었다.

"벌써부터 짝꿍을 챙기는 거냐? 도대체 이런 식으로 사건 사고를 일으키면서 짝꿍이 된 놈들은 너희밖에 없을 거다."

종하가 기어 들어가는 목소리로 답했다.

"하, 하지만 어쩔 수 없었습니다."

"아주 조금이라도 어긋났으면 모두 죽어 나갈 뻔한 위태로운 상황이었던 건 알고 있지?"

옆에서 산영이 톡 끼어들었다.

"끝이 중요한 거죠, 교수님. 다 잘되지 않았습니까!"

"참 나. 뭐, 그것도 운이라는 거지. 그 순간에 짝꿍을 맺을 줄이야. 거기까진 나도 생각하지 못한 일이었다."

설 교수가 강율을 보았다.

"마지막으로 자네의 일도 잘됐으니 말이지. 좋은 술사 하나를 잃지 않아서 다행이군."

강율이 눈을 크게 떴다.

"그 말씀은……?"

"그래. 앞으로 평생 자네를 대신해 판을 열어 줄 짝꿍이 생겼으니 말이야. 박강율 자네가 판을 열지 못한다 해도 짝꿍을 이용해 술사로서의 역할을 할 수 있다고 생각하는 바, 자네는 앞으로도 가온학사에 남아도 좋네. 실현자로서 좋은 성과를 기대하도록 하지."

그 말에 강율의 얼굴이 환하게 빛났다.

"저, 정말이십니까?"

"내가 여기서 거짓말을 하겠나? 물론 셋 모두 당장 극한 훈련에 들어가겠지만 말이야."

설 교수의 말에 셋 다 고개를 갸웃거렸다.

"극한 훈련이라니요?"

266

"당연하지 않나. 드디어 증폭자에게 짝꿍이 생겼는데 그냥 놀릴 수는 없지 않은가?"

"그건⋯⋯."

강율의 대답에 설 교수가 고개를 끄덕였다.

"그러니 자네들이 기운을 차리는 대로 당장 훈련에 들어가겠다는 이야기야. 이번 여름 방학은 좀 바쁘겠군."

"방학에도요?!"

산영의 말에 설 교수가 당연하다는 듯 쳐다보았다.

"술사 중의 술사인 내가 직접 시간을 빼서 가르쳐 주겠다는데 왜. 여름 방학이 문제인가?"

"아, 그건 아닙니다만⋯⋯."

설 교수가 입꼬리만 올려 웃어 보였다.

"그럼 셋 모두 동의한 걸로 알고 있겠네. 어렵사리 만들어진 짝꿍인데 오래가야지. 어떤 상황이 생기더라도 살아남을 수 있을 정도는 되어야 할 게 아닌가."

설 교수가 자리에서 일어났다.

"그럼, 짝꿍이 된 기분을 만끽하게나."

설 교수가 나가고 셋이 서로를 바라보았다. 산영이 작게 혀를 찼다.

"얼렁뚱땅 이런 놈이랑 짝꿍이 되는 바람에 괜히 우리까지 방학이 없어졌잖아!"

그 말에 종하가 어이없다는 듯 말했다.

"그럼 자네가 빠졌어야지?"

"뭐? 원래 강율과 짝꿍을 하려던 건 나였다니까? 끼어든 놈이 말이 많아!"

"하지만 내가 없으면 강율의 판을 열어 줄 사람도 없다는 건 잘 알고 있겠지?"

그냥 두면 말싸움이 계속 이어질 것 같았다. 보다 못한 강율이 입을 열었다.

"둘 다 조용히 해."

그 말에 산영도 종하도 얼른 입을 다물었다.

"앞으로 우리는 평생을 같이해야 하잖나. 좋든 싫든, 이렇게 묶였으니 이제 서로를 있는 그대로 받아들여야지."

"……노력해 보지."

종하의 대답에 산영은 여전히 마음에 들지 않는다는 표정을 지었지만, 결국 고개를 끄덕였다.

"강율, 자네와 함께할 수 있으면 이정도야 뭐."

강율이 손을 내밀었다.

"자."

그 위로 산영과 종하의 손이 차곡차곡 올라갔다. 앞으로 자신들 앞에 펼쳐질 길이 얼마나 어렵고 힘이 들지 알 수 없어도 괜찮을 것만 같았다. 적어도 서로가 있으니까. 이렇게 맞잡은 손이 있으니까.

"가장 깊고 어두운 밤에도 서로의 별이 되어 줄 수 있길."

서로의 세계가 조금씩 겹쳐져 새로운 세계를 만들어 내는 순간이었다.

우윳빛 대리석 기둥과 붉은 비로드 커튼, 금빛 술 장식이 화려함을 뽐냈다. 이곳은 가온 안에서도 가장 소수의 사람만이 드나들 수 있는 장소였다. 현재 가온의 심장부라고도 할 수 있는 총통 관저 내 집무실.

　엄숙한 집무실 안에, 밝아 오는 새벽을 감상하는 듯 창가에 누군가 서 있었다. 건장한 체격에 머리가 희끗희끗한 남자였다.

　"각하."

　제복을 입은 남자가 문을 열고 들어왔다. 창문 앞 남자가 슬쩍 고개를 돌렸다.

　호랑이처럼 형형한 눈, 그 아래 한일자로 꾹 다문 입술.

　그 얼굴만 봐도 그가 어떤 굴곡진 인생을 살아왔는지 알 것만 같았다. 제복 입은 남자가 정중하게 편지를 건네자, 그가 집어 들었다.

　잠시 편지를 읽는 그의 눈에 이채가 어렸다.

　"드디어, 우리의 증폭자께서 짝꿍을 정하셨다는군. 원래 진행하

려 했던 계획들이 실패로 돌아갔어도 뭐, 나쁘지 않은 결과야. 축
배를 들어야 하나?"

"감축드립니다, 총통 각하."

가온의 총통, 김희원이 고개를 끄덕였다.

"내가 들이민 그 많은 술사들을 거절하고 도대체 어떤 놈들을
짝꿍으로 들였는지 궁금하니 한 번은 가서 확인을 해야겠군."

"어쨌든 증폭자가 짝꿍을 정했으니 이제 그의 술력이 제대로
발휘되겠군요. 그렇다면 곧 그 계획도 실행시키도록 하겠습니다."

총통이 고개를 끄덕였다.

슬슬 새로운 날의 태양이 뜨고 있었다. 그것은 어제의 태양과
마찬가지로 총통의 시대를 상징하는 태양이었다.

"그래, 오늘 역시 날이 좋군. 내 권세 밑에서 이 가온이 오래도
록 평온해야지."

총통의 노회한 눈이 어둡게 빛났다.

"빨리 한번 보고 싶군."

-2권에서 계속

가온의 술사들

1판 1쇄 찍음 2023년 11월 30일
1판 1쇄 펴냄 2023년 12월 10일

지은이 박에스더
그린이 먹는빵(박현정)
펴낸이 박상희
편집주간 박지은
편집 이재원
디자인 어나더페이퍼

펴낸곳 (주)비룡소 출판등록 1994. 3. 17 (제16-849호)
주소 06027 서울시 강남구 도산대로1길 62 강남출판문화센터 4층
전화 02)515-2000 **팩스** 02)515-2007
홈페이지 www.bir.co.kr
제품명 어린이용 반양장 도서
제조자명 (주)비룡소 **제조국명** 대한민국 **사용연령** 3세 이상

ISBN 978-89-491-4801-4 43810